緒崎さん家の妖怪事件簿

築山 桂／著
かすみの／イラスト

★小学館ジュニア文庫★

緒《お》崎《ざき》妖《よう》怪《かい》さん家《ち》の事《じ》件《けん》簿《ぼ》

Ozakisanchi no youkai jikenbo

目《もく》次《じ》

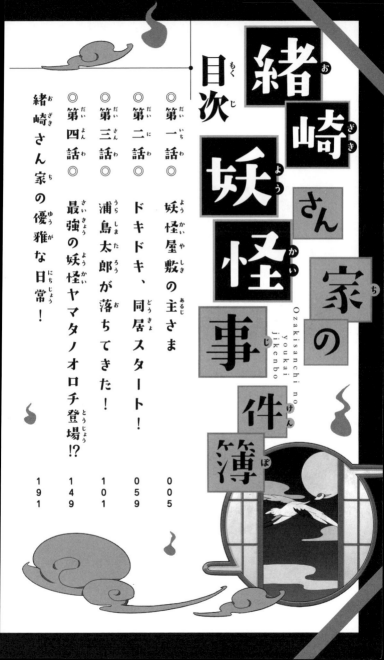

緒《お》崎《ざき》さん家《ち》の住《じゅう》人《にん》！

緒《お》崎《ざき》若《わか》菜《な》

中学一年生《ちゅうがくいちねんせい》。竹取屋敷《たけとりやしき》の事件《じけん》に巻《ま》き込《こ》まれて、妖怪《ようかい》たちと暮《く》らすことに。

鵺《ぬえ》

銀色《ぎんいろ》に輝《かがや》く髪《かみ》を持《も》つ美《うつく》しいもふもふ妖怪《ようかい》。若菜《わかな》をかぐや姫《ひめ》と間違《まちが》える。かぐや姫《ひめ》とは過去《かこ》に何《なに》かあったようで…。

酒《しゅ》呑《てん》童《どう》子《じ》

見《み》た目《め》はイケメンの男《おとこ》の子《こ》。でも本当《ほんとう》は強《つよ》い力《ちから》を持《も》つ伝説《でんせつ》の妖怪《ようかい》。実《じつ》は料理上手《りょうりじょうず》。

第《だい》一《いち》話《わ》　妖《よう》怪《かい》屋《や》敷《しき》の主《あるじ》さま

1

午後三時《ごごさんじ》。約束《やくそく》の時間《じかん》、ぎりぎり。

たどり着《つ》いた黒塗《くろぬ》りの門《もん》の前《まえ》で、あたし、緒崎若菜《おざきわかな》は、ぜーはーと息《いき》を整《ととの》える。

門《もん》の向《む》こうに見《み》えるのは、大《おお》きな瓦屋根《かわらやね》の、純和風《じゅんわふう》の古《ふる》いお屋敷《やしき》。

……うわあ、いいなあ、こういうの！

黒光《くろびか》りする鬼瓦《おにがわら》、門《もん》から玄関《げんかん》までの石畳《いしだたみ》、奥《おく》まで続《つづ》く白《しろ》い壁《かべ》。

うちはパパが転勤族《てんきんぞく》で、ずっとマンション暮《ぐ》らしだから、こんなお屋敷《やしき》、憧《あこが》れちゃう。

実《じつ》は、来《く》る前《まえ》は、ちょっと怖《こわ》かったんだ。

竹林《たけばやし》に囲《かこ》まれているから、竹取屋敷《たけとりやしき》。そう呼《よ》ばれるこのお屋敷《やしき》は、実《じつ》は妖怪《ようかい》が棲《す》み着《つ》いていて、近《ちか》づいた者《もの》をむしゃむしゃ食《た》べちゃう――なんて噂《うわさ》がある。

でも、実際《じっさい》に来《き》てみれば、妖怪《ようかい》が出《で》そうな怪《あや》しさはなくて、落《お》ち着《つ》いた雰囲気《ふんいき》。竹林《たけばやし》が静《しず》かに風《かぜ》に揺《ゆ》れて、癒《いや》されるっていうか、優《やさ》しい感《かん》じがする。

——ただ、来《く》るまでの道《みち》は、かなり大変《たいへん》だったけど、ね。

駅《えき》から歩《ある》いて二十分《にじっぷん》。ずーっと上《のぼ》り坂《ざか》。しかも、舗装《ほそう》もしてない山道《やまみち》で、ほんっと、疲《つか》れた。よそ行《い》きのワンピースも、汗《あせ》だく。今《いま》からパパとママの代《か》わりに、親戚《しんせき》のおじさんに挨拶《あいさつ》しなきゃいけないのに……。

——キャンキャンキャン！

いきなり、甲高《かんだか》い鳴《な》き声《ごえ》が、後《うし》ろから聞《き》こえた。

驚《おどろ》いて振《ふ》り返《かえ》ると、真《ま》っ白《しろ》なトイプードルがいた。

か、可愛《かわい》い！

首輪《くびわ》が金《きん》ピカで、同《おな》じく金《きん》ピカのケープを着《き》ていて、趣味《しゅみ》の悪《わる》さにびっくりだけど、毛《け》並《な》みはふわふわもこもこで、ぬいぐるみみたい。今《いま》すぐ、駆《か》け寄《よ》ってだっこしたい！

でも、どこから現《あらわ》れたのかわからないそのワンコ、つぶらな瞳《ひとみ》であたしを見上《みあ》げながら、尻尾《しっぽ》を足《あし》の間《あいだ》にはさみ、もこもこの足《あし》を震《ふる》わせて、怯《おび》えきってる。

……あー、これ、もしかして、いつものあれかな。

「ゴメン、何《なに》もしないよ。怖《こわ》がらないでね、ワンコちゃん」

できるだけ優《やさ》しく声《こえ》をかけても、ダメ。すっかり震《ふる》え上《あ》がっちゃってる。なんでだかわからないけど、あたし、動物《どうぶつ》に怖《こわ》がられるんだ。近所《きんじょ》のワンコもニャンコも、みんなあたしが近《ちか》づくと、怯《おび》えて逃《に》げちゃう。雀《すずめ》とか鳩《はと》とか、公園《こうえん》のアヒルやカルガモも全滅《ぜんめつ》。動物園《どうぶつえん》なんか行《い》くと、悲惨《ひさん》なんだ。ライオンも虎《とら》も象《ぞう》も、みんな隅《すみ》っこに隠《かく》れちゃって、出《で》てきてくれなくなる。

前世《ぜんせ》の呪《のろ》いじゃないの、なんてオカルト好《ず》きのクラスメートに言《い》われたこともあるけど、原因不明《げんいんふめい》。可愛《かわい》いワンコやニャンコの毛並《けな》みをもふもふなで回《まわ》すなんて、きっとあたしには一生《いっしょう》、無理《むり》なんだ。悲《かな》しすぎる……。

「おおい、マリアンヌちゃん、どうかしたか？　おっかないモンでも見《み》つけたのか？」

小太《こぶと》りのおじさんが、息《いき》を切《き》らしながら、脇《わき》の竹藪《たけやぶ》をかきわけて現《あらわ》れた。ラメ入《い》りの白《しろ》いスーツ。首《くび》にはじゃらじゃら、金《きん》のネックレス。指《ゆび》にも、どーんと金《きん》の指輪《ゆびわ》が三《みっ》つ、いや、四《よっ》つ。びっくりするような、この金《きん》ピカおじさん。もしかして……。

「あんた、緒崎《おざき》さんちのお嬢《じょう》ちゃんかい？　昨夜《ゆうべ》、電話《でんわ》をくれた……」

ということは、このひとが、竹取屋敷《たけとりやしき》の今《いま》の持《も》ち主《ぬし》、権田太蔵《ごんだたいぞう》さんだ。会《あ》ったことはなかったけど、パパの遠縁《とおえん》で、両親《りょうしん》ともに昔《むかし》からお世話《せわ》になってきた、本家《ほんけ》の跡取《あとと》り。

「はい。緒崎若菜《おざきわかな》です。今日《きょう》は両親《りょうしん》の代《か》わりに、ご挨拶《あいさつ》に……」

「ああ、堅苦《かたくる》しいのはナシナシ。マリアンヌちゃんの散歩《さんぽ》も終《お》わったところだ。どうぞ、入《はい》ってよ。──といっても、ボロ屋敷《やしき》だから、たいしたおもてなしもできないんだがね。どこもかしこも古《ふる》くさくって、いるだけでカビがはえそうな屋敷《やしき》だよ、まったく」

ヤダねえと肩《かた》をすくめ、権田《ごんだ》さんはため息《いき》をつく。

三《さん》ケ月前《げつまえ》、前《まえ》の主《あるじ》だったおじいさんが病気《びょうき》でなくなって、住《す》む人《ひと》のいなくなった竹取屋《たけとりや》敷《しき》は、おじいさんの甥《おい》である、この権田《ごんだ》さんのものになった。

その権田《ごんだ》さん夫婦《ふうふ》が、お屋敷《やしき》の取《と》り壊《こわ》し工事《こうじ》のため、東京《とうきょう》から来《き》ているって聞《き》いて、あたしはご挨拶《あいさつ》に来《き》たのだ。来月《らいげつ》から一家《いっか》でアメリカに引《ひ》っ越《こ》します、しばらくご無沙汰《ぶさた》してしまいますが、親戚《しんせき》のみなさまによろしく──って。

パパとママは新居《しんきょ》の準備《じゅんび》のために一足先《ひとあしさき》にアメリカのボストンに移《うつ》っているから、一人《ひとり》娘《むすめ》のあたしが代理《だいり》を引《ひ》き受《う》けた。こういうのは、直接会《ちょくせつあ》ってご挨拶《あいさつ》するのが礼儀《れいぎ》だから。

──なんてね。本音《ほんね》を言《い》えば、噂《うわさ》の竹取屋敷《たけとりやしき》に一度《いちど》、入《はい》ってみたかったんだ。前《まえ》の住人《じゅうにん》だったおじいさんは人嫌《ひとぎら》いで、親戚《しんせき》でも絶対《ぜったい》に屋敷《やしき》には入《い》れてくれなかったから。

妖怪屋敷《ようかいやしき》と言《い》われるお屋敷《やしき》だけど、実《じつ》は、噂《うわさ》はそれだけじゃない。

もう一《ひと》つ、知《し》る人《ひと》ぞ知《し》る古《ふる》い言《い》い伝《つた》え――というか、おまじないがあるんだ。屋敷《やしき》の入《い》り口《ぐち》にある狛犬《こまいぬ》に触《ふ》れて願《ねが》いごとをすれば、必《かなら》ず叶《かな》う――って。

マリアンヌちゃんを抱《かか》えた権田《ごんだ》さんのあとについて門《もん》をくぐると、花盛《はなざか》りのツツジの真《ま》ん中《なか》に、玉砂利《たまじゃり》を敷《し》いた小道《こみち》が見《み》えた。つやつやした苔《こけ》の上《うえ》に、どっしりとした石灯籠《いしどうろう》。右手《みぎて》には古井戸《ふるいど》。三《さん》ヶ月《げつ》も誰《だれ》も住《す》んでいなかったとは思《おも》えないくらい、きれいなお庭《にわ》。

「あ……」

井戸《いど》の手前《てまえ》に、白《しろ》っぽい石《いし》の置物《おきもの》があった。

近《ちか》づいてみれば、高《たか》さは、あたしの腰《こし》くらいまでで、あまり大《おお》きくない。前《まえ》を向《む》いて座《すわ》っている、四《よ》つ足《あし》の獣《けもの》。これが願《ねが》いを叶《かな》えてくれる狛犬《こまいぬ》かな。……でも、神社《じんじゃ》で見《み》るのとはちょっと違《ちが》うみたい。狛犬《こまいぬ》みたいに左右《さゆう》でセットじゃなく、一体《いったい》しかない。犬《いぬ》よりも耳《みみ》が尖《とが》っていて、大《おお》きな尻尾《しっぽ》は、狐《きつね》っぽい。首《くび》のまわりにはたてがみがあって、ライオンにも似《に》てる。顔《かお》つきはきりりと険《けわ》しくて、だけど、不思議《ふしぎ》に怖《こわ》くはない。聖《せい》なる獣《けもの》――そんな感《かん》じ。気安《きやす》くさわっちゃいけない気《き》がした。

「気《き》になるかい。さわってもいいよ。それも明日《あした》には、壊《こわ》してしまうからね」

「え、でも、おまじないの石《いし》なんじゃ……」

「ははは、そんなの信《しん》じてるのかい。女《おんな》の子《こ》は可愛《かわい》いねえ。おまじないだの恋占《こいうらな》いだの、大好《だいす》きだよねえ。でも、ただの石《いし》ころだよ、こんなもんは」

権田《ごんだ》さんはそう言《い》って、獣《けもの》の脇腹《わきばら》のあたりを無造作《むぞうさ》に革靴《かわぐつ》で蹴《け》っ飛《と》ばす。

あ——って、あたしは思《おも》わず、声《こえ》をあげそうになった。

一瞬《いっしゅん》——ほんの一瞬《いっしゅん》だけど、獣《けもの》の目《め》が、ぎらっと光《ひか》った気《き》がしたんだ。

ひ、光《ひかり》の加減《かげん》かな……そうだよ、ね？

「もともとは、妖怪《ようかい》を閉《と》じ込《こ》めた封印《ふういん》の石《いし》だなんて言《い》われてたそうだよ。ばかばかしい。せめて大理石《だいりせき》かなんかだったら、いい値《ね》で売《う》れたんだがなあ」

ぶつぶつ言《い》いながら、権田《ごんだ》さんはさっさと屋敷《やしき》のほうへ歩《ある》いていく。

あたし、そっと、石《いし》の前《まえ》にしゃがんだ。

蹴《け》られた脇腹《わきばら》のあたりに権田《ごんだ》さんの靴《くつ》の泥《どろ》がついて、汚《よご》れてしまってる。

それが気《き》になって、はらってあげようと思《おも》ったんだ。たとえ、明日《あした》には壊《こわ》されてしまうとしても、それまでは綺麗《きれい》にしておいてあげたい。

……それに、言《い》い伝《つた》えの、おまじない。

べ、別《べつ》に、あたしだって、本気《ほんき》で信《しん》じてるわけじゃないよ？　でも、せっかくここまで

来《き》たんだから、願《ねが》いごと、してみるだけでも、ね。ダメでもともとだもん。

だけど、そこで気付《きづ》いた。あたしの願《ねが》いって……なんだろ。

やりたいこと？　欲《ほ》しいもの？　いざとなると思《おも》いつかない。恋《こい》の願《ねが》い？　それも、別《べつ》にないなあ。今《いま》、好《す》きなひとって、いないし……。

うーん、願《ねが》いが思《おも》いうかばないって、なんだかつまんないひとみたいで、ちょっと、ヤダなあ。……あ、待《ま》って。一《ひと》つ、思《おも》いついた！

ふわっふわのワンコかニャンコを、思《おも》いっきり、もふもふなで回《まわ》したい！

これだ、あたしの切《せつ》なる願《ねが》い。

思《おも》いついたその願《ねが》いを口《くち》のなかで唱《とな》えながら、あたしはそっと獣《けもの》の脇腹《わきばら》に右手《みぎて》を伸《の》ばす。

お気《き》に入《い》りのブレスレットが右手首《みぎてくび》で揺《ゆ》れ、人差《ひとさ》し指《ゆび》が石《いし》に触《ふ》れた。

——その、瞬間《しゅんかん》、空気《くうき》が震《ふる》えた。

ぞくり、としたんだ。

同時《どうじ》に、あたしの真上《まうえ》、天《てん》から銀《ぎん》の光《ひかり》がほとばしった。

ドカーン……！

ものすごい大音響《だいおんきょう》が、あたりに響《ひび》き渡《わた》る。

「きゃああ」

頭《あたま》を抱《かか》えて、あたしはその場《ば》にしゃがみ込《こ》んだ。

権田《ごんだ》さんも、わっと声《こえ》をあげ、マリアンヌちゃんが、ますますキャンキャンと鳴《な》き叫《さけ》ぶ。

「……雷《かみなり》？　こんなに晴《は》れてるのに？」

呆然《ぼうぜん》と、権田《ごんだ》さんはつぶやく。

あたしも、おそるおそる空《そら》を見上《みあ》げ、目《め》を丸《まる》くする。

五月《ごがつ》の空《そら》は真《ま》っ青《さお》。雲《くも》ひとつない。

でも、確《たし》かに今《いま》、その空《そら》から、銀色《ぎんいろ》の雷《かみなり》が落《お》ちてきたんだ。

2

「イヤねえ、まだ町中《まちじゅう》、停電《ていでん》したままよ。電車《でんしゃ》まで止《と》まってるみたい」

権田《ごんだ》さんの奥《おく》さんが、スマホの画面《がめん》を見《み》ながら教《おし》えてくれた。

「そうですか……」

あたしは困《こま》ってしまった。三時間前《さんじかんまえ》の雷《かみなり》のせいで、町中《まちじゅう》が停電《ていでん》。復旧《ふっきゅう》の予定《よてい》は今《いま》のところ、まったくナシ。不思議《ふしぎ》なことに、あの雷《かみなり》がどこに落《お》ちたのか、電力会社《でんりょくがいしゃ》でもわからないんだって。落《お》ちた形跡《けいせき》がないのに電気《でんき》が止《と》まってしまってるもんだから、修復《しゅうふく》しようがないらしい。どうしよう。このままじゃ、家《いえ》に帰《かえ》れない。

「泊《と》まっていきなさいな。一人《ひとり》でお家《うち》に帰《かえ》っても、電気《でんき》が使《つか》えないんじゃ困《こま》るだけよ」

奥《おく》さんは明《あか》るくて親切《しんせつ》なひとで、初対面《しょたいめん》のあたしにも、気《き》さくに話《はなし》をしてくれる。

あの金《きん》ピカ旦那《だんな》さんの奥《おく》さんだから、宝石《ほうせき》じゃらじゃら系《けい》のマダムかなって思《おも》っていたら、白《しろ》いシャツにデニムのパンツの、さっぱりタイプ。意外《いがい》だったけど、あたしはちょっと、ほっとした。

権田《ごんだ》さんはといえば、すでに缶《かん》ビールを片手《かたて》に、座敷《ざしき》で宴会中《えんかいちゅう》。一緒《いっしょ》に騒《さわ》いでいるのは、工事業者《こうじぎょうしゃ》のひとたちだ。

「死《し》んだ伯父《おじ》さんは変《か》わり者《もの》でなあ。古《ふる》くさい言《い》い伝《つた》えにこだわって、絶対《ぜったい》に屋敷《やしき》を壊《こわ》すなと言《い》い張《は》ってたんだ。とっとと潰《つぶ》してくれてりゃ、楽《らく》だったのに」

「でも、そのおかげで権田《ごんだ》さんが好《す》きなようにできるじゃないですか。こんな古《ふる》くさい屋《や》敷《しき》とは似《に》ても似《に》つかない、綺麗《きれい》なマンション、建《た》てましょうや。儲《もう》かりますよ」

「そうだな。最新式《さいしんしき》のデザイナーズマンションを建《た》てるぞ！　大儲《おおもう》けするぞ！　がはは！」

明日《あした》の朝《あさ》には解体工事《かいたいこうじ》が始《はじ》まるから、裏庭《うらにわ》にはショベルカーが二台《にだい》、すでに到着《とうちゃく》していて、作業員《さぎょういん》のお兄《にい》さんも三人《さんにん》来《き》ている。満開《まんかい》のツツジもアヤメも、明日《あした》には庭《にわ》ごとみんな、あのショベルカーに壊《こわ》されちゃうみたい。

権田《ごんだ》さんたちは楽《たの》しそうに工事《こうじ》の話《はなし》をしているけど、あたしは聞《き》いていて、楽《たの》しい気持《きも》ちにはなれなかった。

何百年《なんびゃくねん》もの長《なが》い間《あいだ》、大事《だいじ》に守《まも》られてきた、由緒《ゆいしょ》ある、このお屋敷《やしき》を、笑《わら》いながら潰《つぶ》してしまうなんて……本当《ほんとう》に、いいのかな。

百年《ひゃくねん》、ひとが使《つか》ってきたモノには、魂《たましい》が宿《やど》る。それを、つくも神《がみ》っていうんだよ。

あたしにそう教《おし》えてくれたのは、死《し》んだおばあちゃんだ。つくも神《がみ》は、人間《にんげん》のそばにいてくれる神様《かみさま》だから、大切《たいせつ》にしなきゃいけないよ……って、おばあちゃんは言《い》っていた。

百年《ひゃくねん》で魂《たましい》が宿《やど》るのなら、何百年《なんびゃくねん》も前《まえ》からある竹取屋敷《たけとりやしき》には、とっくの昔《むかし》につくも神《がみ》が生《う》まれてるはず。屋敷《やしき》が壊《こわ》されたら、神様《かみさま》も消《き》えちゃうのかな。

せめて、この立派《りっぱ》なお屋敷《やしき》や、お庭《にわ》の景色《けしき》を目《め》に焼《や》き付《つ》けておこうと思《おも》って、あたしはあたりを隅々《すみずみ》まで、じっと眺《なが》めた。

——と、そこで、気付《きづ》いた。

庭《にわ》の隅《すみ》に、誰《だれ》か、いる。

若《わか》い男《おとこ》のひと――高校生《こうこうせい》くらいの男《おとこ》の子《こ》だ。石灯籠《いしどうろう》の脇《わき》から、こっちを見《み》てる。

工事業者《こうじぎょうしゃ》のひと……かな？

でも、業者《ぎょうしゃ》さんの揃《そろ》いの作業着《さぎょうぎ》とは違《ちが》って、白《しろ》いシャツに黒《くろ》いズボンを着《き》てる。どこかの高校《こうこう》の制服《せいふく》っぽいけど、見覚《みおぼ》えがないから、この近《ちか》くの学校《がっこう》じゃなさそう。

あたしはなんとなく気《き》になって、じぃっと見《み》つめてしまった。

――べ、別《べつ》に、イケメンだったから、ってわけじゃないよ。日焼《ひや》けした顔《かお》にきりっとした眉《まゆ》、鋭《するど》い目《め》は、確《たし》かにワイルド系《けい》でかっこいいけど……。

でも、そのひとは、なんだか、怒《おこ》ってるみたいだったんだ。ただ怒《おこ》っているだけじゃなくて、とても悲《かな》しそうにも見《み》えた。見《み》ているだけで胸《むね》が痛《いた》くなるような……。

「若菜《わかな》ちゃんもどんどん食《た》べて。女《おんな》の子《こ》向《む》けのデザートもあるわよ。自分用《じぶんよう》に多《おお》めに買《か》っておいてよかったわ」

奥《おく》さんがあたしの目《め》の前《まえ》に、あれこれと持《も》ってきてくれた。サンドイッチにカップサラダ。デザートには、中村亭《なかむらてい》の抹茶《まっちゃ》ゼリー。並《なら》ばなきゃ買《か》えない、人気《にんき》のやつ。

「このお屋敷《やしき》ね、古《ふる》いから、薪《まき》でお風呂《ふろ》も沸《わ》かせるの。停電《ていでん》してても大丈夫《だいじょうぶ》なのよ。それに、着替《きが》えには、タンスに入《はい》ってた浴衣《ゆかた》を使《つか》えばいいわ。古《ふる》いものだけど、生地《きじ》がいいからいたんでもいないし、綺麗《きれい》よ。着《き》せてあげる」

「いいんですか。ありがとうございます！」

いろいろ気《き》を使《つか》ってくれる奥《おく》さんと話《はなし》をしていたら、いつのまにか、イケメン君《くん》の姿《すがた》は消《き》えていた。残念《ざんねん》だなって思《おも》ったけど、そのときは、それ以上《いじょう》は気《き》にしてはいなかったんだ、まだ。

3

晩《ばん》ご飯《はん》を終《お》え、夜八時《よるはちじ》を過《す》ぎても、まだ電気《でんき》は止《と》まったまま。

でも、奥《おく》さんが見《み》つけてきた蝋燭《ろうそく》とマッチのおかげで、灯《あか》りはなんとかなってる。

蝋燭《ろうそく》の灯《あか》りは、ふんわりと明《あか》るくて、なんだか不思議《ふしぎ》だった。電気《でんき》とは、あたたかみが違《ちが》う気《き》がする。昔《むかし》のひとは、こんな灯《あか》りで暮《く》らしてたんだな。

蝋燭《ろうそく》だけじゃなくて、生《う》まれて初《はじ》めて、薪《まき》で沸《わ》かしたお風呂《ふろ》にも入《はい》り（その前《まえ》に、もちろん、沸《わ》かす手伝《てつだ》いもしたんだよ！　思《おも》ったよりずっと大変《たいへん》だった……）、お風呂上《ふろあ》がりには、奥《おく》さんに浴衣《ゆかた》を着《き》せてもらった。紺地《こんじ》に朝顔《あさがお》の模様《もよう》の、レトロな浴衣《ゆかた》。

「あら、素敵《すてき》よ、若菜《わかな》ちゃん。肩《かた》が細《ほそ》くて和服《わふく》が似合《にあ》うわ。髪《かみ》もアップにしてみようか。

首筋出《くびすじだ》すと、おとなっぽいわよ」

　奥《おく》さんにまとめ髪《がみ》にしてもらって、あたしはご機嫌《きげん》だった。

　あたし、チビでやせっぽちなんだけど、和服《わふく》はそういう体型《たいけい》（つまり、体《からだ》に凹凸《おうとつ》が少《すく》ないってことらしい……）のほうが似合《にあ》うんだって。ちょっぴり複雑《ふくざつ》な褒《ほ》め言葉《ことば》ではあるけど、とりあえずは、喜《よろこ》んどこっと。

　赤《あか》い鼻緒《はなお》の下駄《げた》も、奥《おく》さんは探《さが》してきてくれた。

「お庭《にわ》を歩《ある》いてみたらいいわよ。私《わたし》も一緒《いっしょ》に行《い》きたいけど、宴会《えんかい》のお世話《せわ》があるからね」

　足下《あしもと》に気《き》をつけてねって、渡《わた》してくれたのは、蝋燭《ろうそく》。黒《くろ》い鉄《てつ》の燭台《しょくだい》に持《も》ち手《て》のついた、昔《むかし》のお姫様《ひめさま》が使《つか》っていそうなやつ。手燭《てしょく》っていうらしい。

　あたし、すっかり嬉《うれ》しくなって、手燭《てしょく》を持《も》って、下駄《げた》で庭《にわ》に出《で》た。

　夜空《よぞら》には雲《くも》ひとつなくて、満天《まんてん》の星《ほし》。

　停電《ていでん》で、町全体《まちぜんたい》が暗《くら》いから、余計《よけい》に綺麗《きれい》に見《み》えるんだ。

　庭《にわ》の向《む》こうの竹林《たけばやし》の上《うえ》には、まん丸《まる》なお月様《つきさま》。何百年《なんびゃくねん》も前《まえ》のひとも、きっとこの、同《おな》じ景色《けしき》を眺《なが》めていたんだろうな。長《なが》い長《なが》い時《とき》が経《た》っても、変《か》わらない光景《こうけい》を。

　うっとりと見《み》つめていると、ふいに、視界《しかい》の端《はし》で何《なに》かが動《うご》いた。

池《いけ》の端《はし》にある、松《まつ》の木《き》の下《した》あたり。

一瞬《いっしゅん》びくっとしたあたしは、すぐに気付《きづ》いた。

さっきのイケメン君《くん》だ。いったい何《なに》をしてるんだろう。

気《き》になって見《み》つめていると、イケメン君《くん》はあたしには気付《きづ》かない様子《ようす》で、松《まつ》の木《き》にそっと手《て》を伸《の》ばす。形《かたち》の整《ととの》えられた枝《えだ》に指《ゆび》で触《ふ》れる。優《やさ》しい仕草《しぐさ》。

どきっとした。ほんの小《ちい》さな指先《ゆびさき》の動《うご》きだけなのに、わかる気《き》がしたんだ。彼《かれ》がその松《まつ》の木《き》を、どんなに大事《だいじ》に思《おも》っているか。

ううん、松《まつ》の木《き》だけじゃない。彼《かれ》は、木《き》の下《した》の石灯籠《いしどうろう》にも、その脇《わき》で花《はな》を咲《さ》かせているツツジにも、そっと、そっと、手《て》を触《ふ》れていく。それは愛《いと》しげに。

もしかして……彼《かれ》も、この庭《にわ》を壊《こわ》したくないんじゃないのかな。この綺麗《きれい》な庭《にわ》を、何百《なんびゃく》年《ねん》も続《つづ》いてきた屋敷《やしき》を、ショベルカーで潰《つぶ》してしまうのが、つらいんじゃないかな。

だから、権田《ごんだ》さんやおじさんたちと一緒《いっしょ》に、わいわい騒《さわ》ぐのがイヤで……。

「あ、あの……」

近《ちか》づいて、思《おも》い切《き》って声《こえ》をかけたのは、あたしも同《おな》じ気持《きも》ちだって伝《つた》えたかったから。

なのに、イケメン君《くん》ときたら、ぎょっとしたように、振《ふ》り返《かえ》ったかと思《おも》うと、

「お、お前《まえ》……おれが見《み》えるのか？」

「え？」

なんで？　そりゃ見《み》えるよ。だって、目《め》の前《まえ》にいるんだから。

もちろん、とうなずくと、イケメン君《くん》は、目《め》を丸《まる》くした。……やだ、ワイルド系《けい》なのに、まん丸目《まるめ》になると、なんか可愛《かわい》い。

「な、なんでだよ。お前《まえ》、人間《にんげん》だよな？」

妙《みょう》に慌《あわ》てて言《い》いながら、イケメン君《くん》、なぜか、あたしをじろじろと眺《なが》めた。顔《かお》だけじゃなく、ぐるっとまわりを一周《いっしゅう》する。まるで、全身《ぜんしん》、確《たし》かめてるみたいに。

「……人間《にんげん》じゃないように見《み》える？」

ちょっとむっとして、あたしは聞《き》きかえす。

「いや、見《み》えねえけど……この業界《ぎょうかい》、見《み》ためじゃわかんねえだろ」

この業界《ぎょうかい》って……どの業界《ぎょうかい》？　工事業者《こうじぎょうしゃ》さんの、業界《ぎょうかい》？

「あ、お前《まえ》、昼間《ひるま》、あの流《なが》れ星《ぼし》の石像《せきぞう》のところにいたヤツか。何《なに》か願《ねが》いごとしてただろ」

「うん。そうだけど……」

近《ちか》くには権田《ごんだ》さんとマリアンヌちゃんしか、いないと思《おも》ってたけどな。

「そうか。あのときの……。ありがとな、石《いし》の汚《よご》れ、綺麗《きれい》にしてくれて。あれはこの屋敷《やしき》でいちばん大事《だいじ》な石《いし》なんだ」

イケメン君《くん》の顔《かお》が、ちょっと柔《やわ》らかくなる。あ、ますますイケメンだ。なんか、照《て》れちゃうくらい。

「……けど、それだけじゃねえな。お前《まえ》とは、昔《むかし》、どこかで会《あ》ったような……いや、思《おも》い出《だ》せねえ……いっつもこうなんだ。大事《だいじ》なことになると思《おも》い出《だ》せねえ……畜生《ちくしょう》」

つぶやきながら苛々《いらいら》と頭《あたま》をかきむしったイケメン君《くん》は、なぜか、あたしの額《ひたい》にぐいっと顔《かお》を近《ちか》づけてくる。背《せ》の高《たか》い彼《かれ》とチビのあたしじゃ身長差《しんちょうさ》があるから、ちょうど自然《しぜん》な動《うご》き――じゃなくてっ。

なにっ、このひと、ちょっと距離感《きょりかん》おかしくないっ？

警戒心《けいかいしん》むき出《だ》しで飛《と》び退《の》くと、彼《かれ》も慌《あわ》てたみたいだった。

「あ、悪《わる》い。人間《にんげん》、怖《こわ》がらせる気《き》はねえんだ、そういうのは、おれの信念《しんねん》に反《はん》するから」

「ううん、別《べつ》に怖《こわ》がってはない、けど……」

素直《すなお》に謝《あやま》られちゃうと、こっちも大袈裟《おおげさ》だったかなってうろたえて、あたしはしどろもどろに言《い》った。

「あ、あのさ……あの……壊《こわ》したくないよね、このお屋敷《やしき》も、お庭《にわ》も」

すると、イケメン君《くん》はますます、目《め》を丸《まる》くした。

「人間《にんげん》でも、そう思《おも》うのか」

「こんな綺麗《きれい》なお庭《にわ》を見《み》たら、そう思《おも》うひとのほうが多《おお》いと思《おも》う」

人間人間《にんげんにんげん》ってやたらこだわる言《い》い方《かた》は気《き》になったけど、それ以上《いじょう》に、伝《つた》えたかった。あたしの素直《すなお》な気持《きも》ち。

「……ふん、だとしたら、今《いま》のこのざま、なんなんだよ」

彼《かれ》は、急《きゅう》に馬鹿《ばか》にしたみたいに笑《わら》った。

「あの金《きん》ピカのおっさんはな。死《し》にかけのじいさんの枕元《まくらもと》に駆《か》けつけて、涙《なみだ》ながらに誓《ちか》ったんだぜ。この屋敷《やしき》は子々孫々《ししそんそん》まで大事《だいじ》に守《まも》っていく、安心《あんしん》してくれ伯父《おじ》さん——ってな。それが、じいさんが死《し》んだとたん、この通《とお》りだ。人間《にんげん》ってのは嘘《うそ》つきで汚《きたな》い生《い》き物《もの》なんだ」

イケメン君《くん》の目《め》が、きりきりとつりあがる。さっきまで優《やさ》しく松《まつ》の枝《えだ》をなでていた手《て》は、拳《こぶし》を握《にぎ》りしめて震《ふる》えていた。怒《いか》りをこらえてるみたいに。

「……あ、あの。あなたって、工事業者《こうじぎょうしゃ》のひと……じゃないの？」

今《いま》の話《はなし》だと、死《し》んだおじいさんの知《し》り合《あ》い、みたいな……。

「なんでおれが、あいつらの仲間《なかま》なんだよ。冗談《じょうだん》じゃねえ」

くそっと吐《は》き捨《す》てて、イケメン君《くん》は鋭《するど》い眼差《まなざ》しを、庭《にわ》の、ある方向《ほうこう》へと向《む》ける。そこには、二台《にだい》のショベルカー。

「あんな機械《きかい》に、踏《ふ》み潰《つぶ》されて、何《なに》もかも終《お》わっちまうなんて……おれはこの屋敷《やしき》を守《まも》らなきゃならねえのに……」

そう言《い》ったイケメン君《くん》の横顔《よこがお》に、あたしは息《いき》を呑《の》む。

だって、彼《かれ》の目《め》が、いきなり、真《ま》っ赤《か》に染《そ》まった——。

「そうだ、人間《にんげん》のことなんか、信《しん》じちゃいけねえんだ……」

声《こえ》まで、急《きゅう》に嗄《か》れて、額《ひたい》の上《うえ》には何《なに》かが光《ひか》り始《はじ》める。左右《さゆう》に一《ひと》つずつ見《み》える光《ひかり》は、まるで角《つの》がはえたみたい……。

「お、鬼《おに》……」

思《おも》わずあたし、息《いき》を呑《の》んで後《あと》ずさり、足下《あしもと》の石《いし》につまずいて、後《うし》ろに倒《たお》れそうになった。

「おい」

腕《うで》をつかんで、あたしを助《たす》けてくれたのは、イケメン君《くん》。

「大丈夫《だいじょうぶ》か」

「う、うん」

あたしを支《ささ》え、手《て》を引《ひ》いて、足下《あしもと》の危《あぶ》なくない場所《ばしょ》に、移動《いどう》させてくれた。

その目《め》はもう、元《もと》に戻《もど》っている。それに、

「鬼《おに》の角《つの》、消《き》えた……」

「は？　鬼《おに》？　何言《なにい》ってんだ、お前《まえ》」

おかしな奴《やつ》だなって顔《かお》で、イケメン君《くん》はあたしを見《み》てる。声《こえ》も元通《もとどお》り。

そうだよね。鬼《おに》なんて、いるわけないよね。

でも、なんだったんだろ、今《いま》の。イケメン君《くん》が、いきなり別人《べつじん》になったみたいな……。

「なあ、お前《まえ》……」

戸惑《とまど》っているあたしに、彼《かれ》はまた表情《ひょうじょう》を変《か》え、やけに神妙《しんみょう》な口調《くちょう》で言《い》った。

「お前《まえ》、人間《にんげん》にしちゃ、なんかヘンなとこが多《おお》いけど、それでもたぶん生粋《きっすい》の人間《にんげん》で、そのなかでちょっとヘンなヤツなだけなんだろうなと判断《はんだん》して、訊《き》くけどよ」

……いや、訊《き》くのはいいけど、前置《まえお》きがなんか、ものすごく失礼《しつれい》だったような……。

「おれ、忘《わす》れっぽいから、わかんねえんだ。覚《おぼ》えてる限《かぎ》りじゃ、ずっとこの屋敷《やしき》で生《い》きてきて、ここに暮《く》らしているヤツらが好《す》きだった。なのに……心《こころ》の底《そこ》からいつも、声《こえ》が聞《き》こえる。ヤツらを絶対《ぜったい》に信《しん》じるな、人間《にんげん》は必《かなら》ず裏切《うらぎ》るぞって声《こえ》が。……なあ、人間《にんげん》てのは……みんな、嘘《うそ》つきなのか？　古《ふる》いもん、大事《だいじ》にしてるようなふりをしても、全部《ぜんぶ》嘘《うそ》っぱちで、やっぱりもういらないって、あっさり壊《こわ》しちまうのか？」

あたしをじっと見《み》ながら言《い》う顔《かお》は、なんだか泣《な》きそうな表情《ひょうじょう》をしてた。

まるで、捨《す》てられた子猫《こねこ》みたいな、切《せつ》ない目《め》。え、ホントに、涙《なみだ》で潤《うる》んでる……。

「そ、そんなことないよ」

あたしは思《おも》わず、強《つよ》い声《こえ》で言《い》った。

「そりゃ、なんでも新《あたら》しいほうがいいってひともいるけど、あたしは古《ふる》いもの好《す》きだよ。長《なが》い間《あいだ》、大事《だいじ》にされてきたものって、特別《とくべつ》だもの。――あ、そうだ。これ見《み》て」

あたしは、右手首《みぎてくび》につけたブレスレットを、彼《かれ》に見《み》せた。

半透明《はんとうめい》のムーンストーンと、真《ま》っ赤《か》なガーネット。それに、ひとつだけ、黒《くろ》っぽく煌《きら》めく不思議《ふしぎ》な石《いし》のついたブレスレット。

「これ、おばあちゃんの形見《かたみ》なの。おばあちゃんは、そのまたおばあちゃんにもらったんだって。代々《だいだい》、うちの家系《かけい》の女《おんな》の子《こ》が伝《つた》えてきたの。古《ふる》くてダサいって友達《ともだち》に言《い》われたこともあるけど、でも、関係《かんけい》ないよ。あたしには、何《なに》より大事《だいじ》な宝物《たからもの》なんだ」

これはお守《まも》りだよ、若菜《わかな》を守《まも》ってくれるよ。おばあちゃんはいつもそう言《い》っていた。

だから、あたし、大人《おとな》になってもずっと、大事《だいじ》にするつもり。いつか、あたしの娘《むすめ》に、渡《わた》す日《ひ》が来《く》るまで。

「宝物《たからもの》……」

イケメン君《くん》は、目《め》をゆっくりと瞬《また》きながら、あたしのブレスレットを見《み》つめた。

そのまま、しばらく黙《だま》り込《こ》む。あたしの思《おも》い、伝《つた》わったのかな。どうかな。

反応《はんのう》を待《ま》っていると、彼《かれ》は、眉間《みけん》にしわを寄《よ》せて言《い》った。

「その、黒《くろ》い石《いし》……なんだ？」

「なんだ、って……、えと、なんだろ」

ムーンストーンやガーネットと違《ちが》って、名前《なまえ》は知《し》らない。おばあちゃん、ムーンストーンのことは月長石《げっちょうせき》、ガーネットのことは石榴石《ざくろいし》って古《ふる》い呼《よ》び方《かた》で呼《よ》んでたけど、黒《くろ》い石《いし》のことは、何《なに》も言《い》ってなかったような……。

でも確《たし》か、その黒《くろ》い石《いし》がいちばん大事《だいじ》なんだよ、とは言《い》っていた。

彼《かれ》は、その石《いし》がどうにも気《き》になるみたいで、ますます険《けわ》しい顔《かお》で、石《いし》を見《み》つめる。

「なんだ、それ。なんだか、近《ちか》づかないほうがいいような……なのに、妙《みょう》に懐《なつ》かしい……なくした昔《むかし》を、思《おも》い出《だ》すような……」

つぶやきながら、彼《かれ》の手《て》がブレスレットに伸《の》びてくる——そのとき、だった。

「若菜《わかな》ちゃーん、どこに行《い》ったのー」

のんびりとした声《こえ》が、後《うし》ろから聞《き》こえてきた。権田《ごんだ》さんの奥《おく》さんだ。

はっとしたように、彼《かれ》が手《て》を引《ひ》く。

「あ、はーい、こっちです」

あたしは振《ふ》り返《かえ》り、返事《へんじ》をする。

それから、もう一度《いちど》、イケメン君《くん》のほうに顔《かお》を向《む》け——絶句《ぜっく》した。

だって、そこには、もう誰《だれ》もいなかったんだ……。

4

「どうしたの、若菜《わかな》ちゃん。何《なに》を見《み》てるの」

庭《にわ》の真《ま》ん中《なか》で呆然《ぼうぜん》と立《た》ち尽《つ》くしているあたしに、奥《おく》さんが心配《しんぱい》そうに近《ちか》づいてきた。

「何《なに》か、動物《どうぶつ》でもいた？」

「え、いえ……何《なに》も」

あたしは首《くび》を振《ふ》った。

話《はな》そうかと思《おも》った、あのイケメン君《くん》のこと。でも、どう言《い》えばいいんだろう……。

「このあたりはまだ、野生《やせい》の狸《たぬき》や狐《きつね》がいるらしいけど……動物《どうぶつ》だけじゃなく、人食《ひとく》い鬼《おに》や化《ば》け狐《ぎつね》が住《す》んでいた、なんて言《い》い伝《つた》えもあるからね。気《き》をつけてよ。……ま、昔《むかし》の話《はなし》だけど」

奥《おく》さんの口調《くちょう》は冗談《じょうだん》ぽかったけど、

「いたんですか、お、鬼《おに》が？」

あたしは思《おも》わず、身《み》を乗《の》り出《だ》してたずねた。

「あら、この山《やま》はもともと、妖怪《ようかい》たちのすみかだったのよ。噂《うわさ》、聞《き》いたことない？」

「少《すこ》しなら……。でも、詳《くわ》しく教《おし》えてください！　あたし、この町《まち》には二年《にねん》くらいしか住《す》んでいないから、言《い》い伝《つた》えとか、あんまり知《し》らないんです」

食《く》いつき気味《ぎみ》にそう言《い》ったあたしを、奥《おく》さんは面白《おもしろ》そうに笑《わら》った。

「昔話《むかしばなし》が好《す》きなの？　今《いま》どきの子《こ》にしちゃ、変《か》わってるわね。……いいわよ。伯《お》父《じ》さんのかわりに教《おし》えてあげる。伯《お》父《じ》さんが大好《だいす》きだった、星守山《ほしもりやま》の伝説《でんせつ》を」

庭《にわ》を見渡《みわた》せる縁側《えんがわ》に並《なら》んで座《すわ》ると、奥《おく》さんはあたしに、話《はなし》を聞《き》かせてくれた。

「星守山《ほしもりやま》という名前《なまえ》は、昔《むかし》、流《なが》れ星《ぼし》が落《お》ちたことが由来《ゆらい》なの。流《なが》れ星《ぼし》とともに天《てん》から妖怪《ようかい》が落《お》ちてきて、そのあと、山《やま》には大勢《おおぜい》の妖怪《ようかい》が集《あつ》まるようになった。それが星守山伝説《ほしもりやまでんせつ》の始《はじ》まり。平安時代《へいあんじだい》——って、歴史《れきし》で習《なら》ったかしら。京都《きょうと》が、この国《くに》の都《みやこ》になった時代《じだい》」

「習《なら》いました。七九四《なくよ》ウグイス平安京《へいあんきょう》！」

西暦《せいれき》七九四年《ねん》、桓武天皇《かんむてんのう》が都《みやこ》を奈良《なら》から京都《きょうと》に移《うつ》して、平安時代《へいあんじだい》が始《はじ》まったんだ。

「そう、その平安京《へいあんきょう》よ。実《じつ》はね。この国《くに》で、いちばん妖怪《ようかい》が大暴《おおあば》れしたのが、その平安京《へいあんきょう》のころなんだって。星守山《ほしもりやま》は、京都《きょうと》に近《ちか》いでしょう。妖怪《ようかい》にとってはひとっとびの距離《きょり》。だから、平安京《へいあんきょう》に住《す》む人《ひと》びとを狙《ねら》って集《あつ》まってきたんだそうよ」

「悪《わる》い妖怪《ようかい》のすみかだった、ってことですか……？」

「そういうことになるわね。ああ、怖《こわ》がらないで。大丈夫《だいじょうぶ》よ。恐《おそ》ろしい妖怪《ようかい》も、みんな、最後《さいご》にはちゃんと退治《たいじ》されているのよ。平安京《へいあんきょう》のひとたちを震《ふる》え上《あ》がらせ、最強《さいきょう》の人食《ひとく》い鬼《おに》として名高《なだか》かった酒呑童子《しゅてんどうじ》でさえも、帝《みかど》の軍勢《ぐんぜい》に倒《たお》されたわ」

あ、その話《はなし》なら、おばあちゃんちで読《よ》んだことがある。

酒呑童子《しゅてんどうじ》は日本三大妖怪《にっぽんさんだいようかい》の一人《ひとり》とも言《い》われる鬼《おに》の大《おお》ボス。大江山《おおえやま》ってところに鬼《おに》の仲間《なかま》を集《あつ》め、悪事《あくじ》の限《かぎ》りをつくしていたけど、最後《さいご》は帝《みかど》の大軍《たいぐん》にやっつけられるんだ。

「酒呑童子《しゅてんどうじ》の亡骸《なきがら》は、復活《ふっかつ》しないように深《ふか》く埋《う》められ、厳重《げんじゅう》に封印《ふういん》されたそうよ。万《まん》が一《いち》、仲間《なかま》の鬼《おに》が奪《うば》いに来《き》たら困《こま》るから、場所《ばしょ》は秘密《ひみつ》にしていたそうだけど……実《じつ》は、その場所《ばしょ》にたてられたのがこの竹取屋敷《たけとりやしき》だって伝説《でんせつ》もあるのよね」

そ、それも怖《こわ》いんですけど。

「同《おな》じ時代《じだい》の有名《ゆうめい》な妖怪《ようかい》に、鵺《ぬえ》というのもいてね。都《みやこ》を荒《あ》らし、帝《みかど》を恐《おそ》れさせた恐《おそ》ろしい妖怪《ようかい》よ。頭《あたま》が猿《さる》、体《からだ》は狸《たぬき》、手足《てあし》は虎《とら》、尻尾《しっぽ》は蛇《へび》でできているの。若菜《わかな》ちゃんも見《み》たでしょ、玄関《げんかん》の脇《わき》にある、古《ふる》い石像《せきぞう》。あれが実《じつ》は鵺《ぬえ》の姿《すがた》と言《い》われているわ。退治《たいじ》されたときの姿《すがた》を真似《まね》して作《つく》ったものだ、って」

「狐《きつね》と犬《いぬ》のハーフみたいな、あれですか」

猿《さる》だの虎《とら》だののミックス妖怪《ようかい》には、見《み》えなかったけどな。

「妖怪《ようかい》だから、本当《ほんとう》の姿《すがた》はわからなかったのかもね。鵺《ぬえ》の正体《しょうたい》は流《なが》れ星《ぼし》とともに落《お》ちてきた天《てん》の妖怪《ようかい》だという説《せつ》もあるし、雷獣《らいじゅう》だとも言《い》われているわ。雷獣《らいじゅう》ってわかる？　雷《かみなり》を操《あやつ》る妖怪《ようかい》。——ふふ、なんだか、今日《きょう》の雷《かみなり》を思《おも》い出《だ》すわね」

「ホント……ですね……」

奥《おく》さんは笑《わら》ったけど、あたしはなんだか、笑《わら》えない気《き》がした。

だって、あの雷《かみなり》、あたしが、その鵺《ぬえ》の石像《せきぞう》に触《ふ》れた瞬間《しゅんかん》、落《お》ちたんだよ？

偶然《ぐうぜん》にしても、ちょっと、怖《こわ》く、ない？

鬼《おに》みたいな角《つの》の持《も》ち主《ぬし》にも、さっき、会《あ》ったし……。

鬼《おに》も鵺《ぬえ》も、昔《むかし》の話《はなし》、なんだよね？　大昔《おおむかし》に退治《たいじ》されて、今《いま》はもういない、んだよね？

「あの……本当《ほんとう》に、大丈夫《だいじょうぶ》なんでしょうか。この竹取屋敷《たけとりやしき》を壊《こわ》してしまって。そんないろんな言《い》い伝《つた》えの残《のこ》っているお屋敷《やしき》なのに」

あたしはつい、そう口《くち》にしてしまっていた。

だって、さっきからなんだか、胸《むね》がざわざわするんだ。よくないことがおきそうな……。

「あら、本気《ほんき》で怖《こわ》くなっちゃった？　ごめんね。でも大丈夫《だいじょうぶ》。みんな昔話《むかしばなし》だもの。本当《ほんとう》のことじゃないわよ」

怖《こわ》がらないでよって奥《おく》さんは笑《わら》っている。でも、あたしはやっぱり、どうしても、同《おな》じように笑《わら》うことはできなかった……。

5

ガラガラ、どーん。

昨夜《ゆうべ》の雷《かみなり》に似《に》た轟音《ごうおん》で、あたしは目《め》が覚《さ》めた。

一瞬《いっしゅん》、どこにいるんだかわからなくて、焦《あせ》る。だって、寝《ね》てるのは自分《じぶん》のベッドじゃなくて布団《ふとん》だし、着《き》ているのもパジャマじゃなくて浴衣《ゆかた》だし。

どーん、バリバリ……。

また、すごい音《おと》がする。地響《じひび》きも、しているみたい。

はっと、そこで気付《きづ》いた。あたし、今《いま》、竹取屋敷《たけとりやしき》にいるんだ。昨夜《ゆうべ》は、奥《おく》さんといろいろお喋《しゃべ》りしたあと、一人《ひとり》で客間《きゃくま》で寝《ね》たんだった。

この音《おと》……もしかして、もう工事《こうじ》が始《はじ》まってるの？

障子《しょうじ》の向《む》こうは、もう明《あか》るくなってる。

あたしは慌《あわ》てて、着替《きが》えて、部屋《へや》を飛《と》び出《だ》した。

思《おも》った通《とお》り、屋敷《やしき》の門《もん》の近《ちか》くでは、二台《にだい》のショベルカーが、もう動《うご》き始《はじ》めていた。

裏庭《うらにわ》から表《おもて》にまわったあたしは、目《め》の前《まえ》の光景《こうけい》に、立《た》ち尽《つ》くす。

ショベルカーが壊《こわ》しにかかっているのは、あたしも昨日通《きのうとお》ってきた、門《もん》から玄関《げんかん》へと続《つづ》く前庭《まえにわ》。ツツジの植《う》え込《こ》みや、石灯籠《いしどうろう》。古井戸《ふるいど》、そして、あのおまじないの石像《せきぞう》。

「若菜《わかな》ちゃん、危《あぶ》ないから近寄《ちかよ》っちゃダメよ。こっちにいらっしゃい」

先《さき》に庭《にわ》に出《で》ていた奥《おく》さんが、あたしを手招《てまね》きした。

「うるさくて目《め》が覚《さ》めちゃったでしょ？ ごめんなさいね。ここは危《あぶ》ないから、奥《おく》の部屋《へや》に行《い》こうか。朝《あさ》ご飯《はん》、食《た》べるでしょう」

そう言《い》われたけど、その場《ば》を離《はな》れる気《き》になれなかった。

この光景《こうけい》から目《め》をそらすなんて、できない。胸《むね》が痛《いた》くて見《み》ていられないのに、見《み》てなきゃいけない気《き》がする……。

そうこうしている間《あいだ》に、ショベルカーは、とうとう、鵺《ぬえ》の石像《せきぞう》に近《ちか》づいていく。

振《ふ》り下《お》ろされる、大《おお》きなショベル。石像《せきぞう》が壊《こわ》されちゃう――。

あたしが思《おも》わず目《め》を閉《と》じた、そのときだった。

ガッ！

大《おお》きな音《おと》と同時《どうじ》に、低《ひく》く押《お》し殺《ころ》した声《こえ》がした。

「こいつだけは、壊《こわ》させねえ。たとえおれの命《いのち》が消《き》えたって、これだけは守《まも》らなきゃならないんだ……それが遙《はる》か昔《むかし》に定《さだ》められた、おれの役目《やくめ》なんだ」

聞《き》き覚《おぼ》えのある声《こえ》に、あたしは慌《あわ》てて目《め》を開《あ》けた。

石像《せきぞう》をかばうように、そこに立《た》っていたのは、昨夜《ゆうべ》のイケメン君《くん》。

なんで⁉　どういうこと⁉

彼《かれ》、素手《すで》で大《おお》きなショベルを、受《う》け止《と》めてる！

止《と》まろうとしないショベルカーを、両手《りょうて》で必死《ひっし》に、押《お》し返《かえ》そうとしてる。

「やめて！　あのひとが潰《つぶ》されちゃう！」

あたし、必死《ひっし》で叫《さけ》んだ。

思《おも》わず駆《か》け寄《よ》ろうとするけれど、奥《おく》さんに腕《うで》をつかまれ、止《と》められる。

「若菜《わかな》ちゃん。近寄《ちかよ》ったら危《あぶ》ない」

「でも、あのひと、押《お》しつぶされちゃいます！　止《と》めて！」

あたしは彼《かれ》を指差《ゆびさ》しながら、叫《さけ》んだ。

「え、なんのこと？　誰《だれ》も、いないわよ」

奥《おく》さんはきょとんとして、首《くび》を傾《かし》げる。

目《め》は確《たし》かに、彼《かれ》のほうに向《む》いている。なのに、見《み》えてないの……？

「……おっかしいな、故障《こしょう》ですかねえ」

運転席《うんてんせき》のお兄《にい》さんが、首《くび》をひねりながら、レバーをがちゃがちゃいじってる。

つまり……彼《かれ》はあたしにしか、見《み》えないの？

「ええい！」

お兄《にい》さんの掛《か》け声《ごえ》とともに、ショベルがさらに動《うご》いた。

ぐっとショベルに力《ちから》がかかり、彼《かれ》が呻《うめ》く。

押《お》し返《かえ》す手《て》が震《ふる》えはじめ、表情《ひょうじょう》が苦《くる》しげに歪《ゆが》んだ。

「……くそっ」

かっと見開《みひら》かれた目《め》から、涙《なみだ》がこぼれるのを見《み》た瞬間《しゅんかん》、あたしは奥《おく》さんの手《て》を振《ふ》りほどき、駆《か》け出《だ》した。助《たす》けなきゃ。あのひとを――。

「若菜《わかな》ちゃん、ダメ」

奥《おく》さんが叫《さけ》び、彼《かれ》がはっとしたようにあたしを見《み》た。

「来《く》るな、危《あぶ》ねえ」

ショベルから手《て》を放《はな》し、あたしを守《まも》るみたいにこっちに駆《か》け寄《よ》ろうとする。

次《つぎ》の瞬間《しゅんかん》、勢《いきお》いよくショベルが振《ふ》り下《お》ろされ、石像《せきぞう》が倒《たお》れるのを、あたしは見《み》た。

同時《どうじ》に、光《ひかり》があふれた。

倒《たお》れた石像《せきぞう》の下《した》から赤《あか》い光《ひかり》がほとばしり、彼《かれ》の体《からだ》を飲《の》み込《こ》む。

何《なに》が起《お》こってるんだか、あたしにはわからなかった。

視界《しかい》が真《ま》っ赤《か》に染《そ》まって、何《なに》も見《み》えない。

その光《ひかり》が和《やわ》らいで、再《ふたた》び彼《かれ》の姿《すがた》が現《あらわ》れたとき……。


「うそ……」

あたし、目《め》を瞬《またた》く。

あのイケメン君《くん》と、確《たし》かに、顔《かお》は同《おな》じ。

だけど、その頭《あたま》にははっきりと二本《にほん》の角《つの》。口元《くちもと》には、ぎらりとした牙《きば》。両手《りょうて》の爪《つめ》は獣《けもの》みたいに鋭《するど》く、目《め》はガーネットよりも真《ま》っ赤《か》。鬼《おに》、だ……。

「思《おも》い出《だ》したぞ……」

そう言《い》った声《こえ》は、昨夜《ゆうべ》、一瞬《いっしゅん》だけ聞《き》いた、あの嗄《か》れた、低《ひく》い声《こえ》。

「封印《ふういん》された古《いにしえ》の記憶《きおく》。千年《せんねん》の時《とき》を越《こ》え、再《ふたた》び取《と》り戻《もど》した……！」

地《ち》の底《そこ》から聞《き》こえてくるみたいに、ぞっとする声《こえ》。

「……我《わ》が名《な》は、鬼《おに》の首魁《しゅかい》、酒呑童子《しゅてんどうじ》。人間《にんげん》への恨《うら》み、今《いま》こそはらしてくれる！」

そう言《い》って、目《め》の前《まえ》のショベルカーに手《て》を伸《の》ばした鬼《おに》は、まるで紙粘土《かみねんど》を砕《くだ》くみたいに簡単《かんたん》に、ショベルを粉々《こなごな》に破壊《はかい》してしまった……。

6

「ば、化《ば》け物《もの》……」

最初《さいしょ》に叫《さけ》んだのは、ショベルカーの運転席《うんてんせき》のお兄《にい》さんだった。

「うわあああっ」

真《ま》っ青《さお》な顔《かお》で、運転席《うんてんせき》から転《ころ》がり出《で》る。

まわりにいたほかの作業員《さぎょういん》のお兄《にい》さんたちも、我先《われさき》にと逃《に》げ出《だ》した。

イケメン君《くん》の姿《すがた》は誰《だれ》にも見《み》えなかったのに、今《いま》の鬼《おに》の姿《すがた》は、みんなにも見《み》えるみたい。

権田《ごんだ》さんの奥《おく》さんも、腰《こし》を抜《ぬ》かしてへたり込《こ》む。駆《か》け寄《よ》った権田《ごんだ》さんが助《たす》け起《お》こそうとするけど、奥《おく》さんはなかなか立《た》ち上《あ》がれない。

「逃《に》がさんぞ」

鬼《おに》が、権田《ごんだ》さん夫婦《ふうふ》に鋭《するど》い目《め》を向《む》けた。

「人間《にんげん》どもめ。よくも千年《せんねん》もの間《あいだ》、我《わ》が過去《かこ》を封《ふう》じ、偽《いつわ》りの記憶《きおく》を与《あた》え、鬼《おに》の力《ちから》を屋敷《やしき》の守《まも》りに利用《りよう》してくれたな。しかも、このおれ自身《じしん》に封印《ふういん》の石《いし》を守《まも》らせるとは、卑怯《ひきょう》なやりくち。一人残《ひとりのこ》らず、始末《しまつ》してやる！」

「ひ、ひえ……」

鬼《おに》に睨《にら》まれた権田《ごんだ》さんは、震《ふる》えながらも、奥《おく》さんを必死《ひっし》に背《せ》にかばう。

鬼《おに》は、舌《した》なめずりしながら、二人《ふたり》に近《ちか》づいていく。

「——ダメっ」

あたし、思《おも》わず、その腕《うで》にしがみついていた。

何《なに》がどうなってるのかわからない。でも、乱暴《らんぼう》なことしちゃ、ダメだよ。

酒呑童子《しゅてんどうじ》って今《いま》、言《い》ったけど……このひとが伝説《でんせつ》の人食《ひとく》い鬼《おに》だなんて、嘘《うそ》だよね。

だって昨日《きのう》は、あんなに優《やさ》しい顔《かお》をしてた……。

「人間《にんげん》は怖《こわ》がらせない、それが信念《しんねん》だって、言《い》ってたじゃない」

必死《ひっし》で叫《さけ》んだけど、あたしの言葉《ことば》なんか、鬼《おに》は聞《き》いてくれなかった。

「さわるな！　汚《けが》らわしい人間《にんげん》が！」

乱暴《らんぼう》に、あたしを振《ふ》り払《はら》う。

容赦《ようしゃ》のない力《ちから》に吹《ふ》き飛《と》ばされて、痛《いた》さと驚《おどろ》きで泣《な》きそうになる。

本当《ほんとう》に別人《べつじん》に——鬼《おに》に、なっちゃったの？　そんなの、イヤだよ。昨日《きのう》はあんなに優《やさ》しかったのに。

倒《たお》れたあたしのすぐそばには、横倒《よこだお》しになった、あの石像《せきぞう》があった。

あたしは、無我夢中《むがむちゅう》で手《て》を伸《の》ばす。

これが願《ねが》いを叶《かな》える石像《せきぞう》だっていうなら、お願《ねが》い、彼《かれ》を元《もと》に戻《もど》して。昨日《きのう》の優《やさ》しい彼《かれ》に。

あたしの右手《みぎて》の指《ゆび》が、石像《せきぞう》に触《ふ》れた——そのとき、だった。

ピカっ！

右手首《みぎてくび》につけたおばあちゃんのブレスレット、その真《ま》ん中《なか》の黒《くろ》い石《いし》が、いきなり、金色《きんいろ》に光《ひか》った。さっきの赤《あか》い光《ひかり》以上《いじょう》にまぶしい光《ひかり》。

それに反応《はんのう》するみたいに、倒《たお》れた石《いし》の獣《けもの》の、二《ふた》つの目《め》の部分《ぶぶん》が輝《かがや》く。

「え……」

息《いき》を呑《の》むあたしの目《め》の前《まえ》で、石像《せきぞう》は金《きん》の光《ひかり》に包《つつ》まれる。

やがて、光《ひかり》のなかから現《あらわ》れたのは、輝《かがや》く銀白《ぎんぱく》の毛並《けな》みの生《い》き物《もの》。ふさふさした、たてがみ。耳《みみ》は狐《きつね》みたいに尖《とが》ってて、尻尾《しっぽ》も狐《きつね》みたいにふんわり。首元《くびもと》に、青《あお》い透《す》き通《とお》った石《いし》。

「石《いし》が……生《い》きた獣《けもの》になった……」

あたしは呆然《ぼうぜん》として、動《うご》けなかった。

獣《けもの》のほうもなぜだか、あたしを見《み》て驚《おどろ》いたみたいに息《いき》を呑《の》む。

「――？」

「え、今《いま》、何《なに》か喋《しゃべ》った……よね？　喋《しゃべ》れるの？」

小《ちい》さな声《こえ》が聞《き》こえた気《き》がして、あたしは思《おも》わず、そう聞《き》いた。誰《だれ》かの名前《なまえ》、呼《よ》んだみたいにも聞《き》こえたけど……。

獣《けもの》は匂《にお》いをかぐみたいに、あたしの体《からだ》に鼻先《はなさき》を突《つ》きつける。

首筋《くびすじ》、胸元《むなもと》……順番《じゅんばん》に、まるで、あたしが誰《だれ》なのか確《たし》かめているみたい。

ふわふわの毛《け》が、すぐ目《め》の前《まえ》で動《うご》いていて……。

あ、あたし、初《はじ》めてだ、生《い》きている動物《どうぶつ》に、これだけ近《ちか》づいたの。さ、さわりたい。思《おも》いっきり、もふもふしちゃいたい……！

――なんて、一瞬《いっしゅん》、妙《みょう》な方向《ほうこう》にテンションあがりかけたけど、すぐに思《おも》い出《だ》した。

昨日《きのう》、奥《おく》さんから聞《き》いた話《はなし》によると、この石像《せきぞう》は、鵺《ぬえ》。酒呑童子《しゅてんどうじ》と同《おな》じで、都《みやこ》を荒《あ》らして退治《たいじ》された恐《おそ》ろしい妖怪《ようかい》だったはず。

まさか、その鵺《ぬえ》まで、よみがえっちゃった……ってこと？

真《ま》っ青《さお》になったあたしの前《まえ》で、まだ匂《にお》いをかぎ続《つづ》けていた鵺《ぬえ》は、なんだか悲《かな》しそうにうつむいた。——かと思《おも》うと、次《つぎ》の瞬間《しゅんかん》にはキッと顔《かお》をあげ、鋭《するど》い銀《ぎん》の目《め》であたしを見据《みす》え、ぐわっと口《くち》を開《あ》けて、飛《と》びかかってきて——、

「きゃあああ、食《た》べないで……！」

次《つぎ》の瞬間《しゅんかん》、鵺《ぬえ》がくわえたのは、あたしの洋服《ようふく》の袖《そで》だった。

そのまま、ぶんっとあたしの体《からだ》を空《そら》に放《ほう》り投《な》げる。

「うわわっ……」

人形《にんぎょう》みたいに軽々《かるがる》と、宙《ちゅう》に舞《ま》ったあたしを、空中《くうちゅう》で背《せ》に乗《の》せ、見事《みごと》に受《う》け止《と》めたのも、同《おな》じ鵺《ぬえ》。手《て》に触《ふ》れる、ふんわりした感触《かんしょく》。初《はじ》めてさわる、ふわっふわの毛《け》。いい気持《きも》ち！

——いやいや、そんなことに感動《かんどう》してる場合《ばあい》じゃない。

なに、これ。あたし、鵺《ぬえ》に乗《の》って、空《そら》、飛《と》んじゃってるよ！

落《お》ちないように、必死《ひっし》でたてがみにしがみつくと、そのあたしの右手首《みぎてくび》を、何《なに》かふわりとしたものが、ゆるく触《ふ》れる。

鵺《ぬえ》の尻尾《しっぽ》だと気付《きづ》いて、あたしはまた驚《おどろ》いた。

これって、何《なに》か、あたしに伝《つた》えようとしてる……？

「なんなの。何《なに》が言《い》いたいの。何《なに》を伝《つた》えたいの？　もしかして——このブレスレット？」

さっきの光《ひかり》を思《おも》い出《だ》し、あたしが尋《たず》ねると、鵺《ぬえ》はぶるっと頭《あたま》を一振《ひとふ》りした。

うなずいたみたい。

「——わかった」

あたし、一瞬《いっしゅん》だけ迷《まよ》ったけど、そう答《こた》えた。

さっき不思議《ふしぎ》な金《きん》の光《ひかり》を放《はな》ったブレスレットを、顔《かお》の前《まえ》にかざす。

こうすればいい、って、なんとなく、わかったから……。

怖《こわ》くないワケじゃないけど、こうなったら、やるしかない！

鵺《ぬえ》は、あたしを乗《の》せたまま、急降下《きゅうこうか》していく。

真下《ました》にいるのは、よみがえった酒呑童子《しゅてんどうじ》。

長《なが》い爪《つめ》のある手《て》を振《ふ》り上《あ》げて、今《いま》、まさに権田《ごんだ》さん夫婦《ふうふ》に飛《と》びかかろうとしている。

「ダメーっ」

叫《さけ》ぶのと同時《どうじ》に、もう一度《いちど》、ブレスレットが輝《かがや》いた。

金色《きんいろ》の光《ひかり》が、鬼《おに》をめがけて放《はな》たれる！

「うおっ……」

鬼《おに》の動《うご》きが止《と》まり、同時《どうじ》に、鵺《ぬえ》が天《てん》に向《む》かって吼《ほ》えた。

ドンっ……！

青空《あおぞら》に昨日《きのう》と同《おな》じ雷鳴《らいめい》が轟《とどろ》いて、鬼《おに》の体《からだ》を銀《ぎん》の稲妻《いなずま》が切《き》り裂《さ》く。

天《てん》を貫《つらぬ》くような鬼《おに》の悲鳴《ひめい》と同時《どうじ》に、あたしは目《め》の前《まえ》が真《ま》っ暗《くら》になるのを感《かん》じた。


意識《いしき》が飛《と》んでたのは、ほんの少《すこ》しの間《あいだ》だったみたい。

我《われ》に返《かえ》ると、あたしはもともと石像《せきぞう》のあったあたりに座《すわ》り込《こ》んでいた。

銀《ぎん》の獣《けもの》は、もうどこにもいない。ぼろぼろになったショベルカーは、止《と》まったまま。

権田《ごんだ》さんたちも、作業《さぎょう》のお兄《にい》さんたちも、みんないない。助《たす》けてくれ――って言《い》いながら逃《に》げていく、声《こえ》だけが聞《き》こえた。

あたしの目《め》の前《まえ》には、あおむけに倒《たお》れている、誰《だれ》か。

その顔《かお》を見《み》て、あっと声《こえ》をあげた。目《め》を閉《と》じて動《うご》かない鬼《おに》。――ううん、元通《もとどお》りのイケメン君《くん》だ。だって、もう角《つの》がない。口元《くちもと》の牙《きば》も、ない。

そっと顔《かお》をのぞき込《こ》むと、同《おな》じタイミングで、彼《かれ》は目《め》を開《あ》けた。

「……お前《まえ》、昨夜《ゆうべ》の、ヘンな人間《にんげん》……」

「うん。……あの、大丈夫《だいじょうぶ》？」

あたしが訊《き》くと、彼《かれ》は険《けわ》しい表情《ひょうじょう》で、しばらく何《なに》か考《かんが》えてるみたいだった。混乱《こんらん》して、困《こま》ってしまっているみたいな顔《かお》。

「……もともと、おれは鬼《おに》だった。酒呑童子《しゅてんどうじ》って名《な》で、人間《にんげん》とは争《あらそ》いばかり、起《お》こしてた」

長《なが》い沈黙《ちんもく》のあと、彼《かれ》の口《くち》からぽつりと、言葉《ことば》がこぼれた。

「人間《にんげん》に退治《たいじ》され、封印《ふういん》されて、記憶《きおく》をなくして……気《き》がついたら、屋敷《やしき》を守《まも》って生《い》きる、屋敷神《やしきがみ》になってた。たぶん、おれを封印《ふういん》した何者《なにもの》かが仕組《しく》んだんだ。おれの力《ちから》は強大《きょうだい》で、何《なに》かを守《まも》るために使《つか》ったら最強《さいきょう》だから。おれはそれからずっと、この屋敷《やしき》と封印《ふういん》の石《いし》を守《まも》り続《つづ》けてきた。それがおれ自身《じしん》の肉体《にくたい》と記憶《きおく》とを封《ふう》じていると知《し》らずに。……間抜《まぬ》けだよな。石《いし》が倒《たお》れて、封印《ふういん》が解《と》け、鬼《おに》の体《からだ》を取《と》り戻《もど》した瞬間《しゅんかん》、すべてを思《おも》い出《だ》したんだ」

「……ずるい、やりかただね」

封印《ふういん》した側《がわ》にとっては最良《さいりょう》の手《て》なんだろうと思《おも》うけど、鬼《おに》の側《がわ》からしたら、やっぱりずるいよね。怒《おこ》って当然《とうぜん》だよ。彼《かれ》も、そう思《おも》ってるのか、しばらく、黙《だま》ってた。

「……でも、おれは記憶《きおく》のない間《あいだ》、この屋敷《やしき》で何百年《なんびゃくねん》も、人間《にんげん》と暮《く》らしてたんだよ」

ため息混《いきま》じりの、声《こえ》だった。

「普通《ふつう》の人間《にんげん》は屋敷神《やしきがみ》の姿《すがた》を見《み》ることはできない。それでも、ここの住人《じゅうにん》は代々《だいだい》、この屋《や》敷《しき》をとても大事《だいじ》にしていた。少《すこ》しでも傷《いた》んだところは修理《しゅうり》して、小《ちい》さな傷《きず》も手入《てい》れして、ことあるごとに、感謝《かんしゃ》してくれた。雨風《あめかぜ》を防《ふせ》いでくれてありがとう、寒《さむ》さも暑《あつ》さも和《やわ》らげてくれてありがとう、安心《あんしん》できる暮《く》らしをありがとうってな。何百年《なんびゃくねん》もそうやって過《す》ごすうちに、おれは思《おも》うようになってた。人間《にんげん》ていいもんだな、こいつらのこと、守《まも》ってやりてえな……って。ヘンだよな。鬼《おに》だったときのおれは、人間《にんげん》を憎《にく》み、恨《うら》んでいたはずなのに。……ああ、そうか。これも、おれを封印《ふういん》したヤツの、企《たくら》みなのか。だとしたら、おれ、まんまとのせられちまったんだな。そう思《おも》うと、忌々《いまいま》しいけど」

でも……しょうがねえよな。好《す》きになっちまったもんは。

聞《き》き取《と》れないくらい小《ちい》さな声《こえ》で、彼《かれ》は言《い》った。

「……ありがとう」

ほかにどういえばいいのか、あたしにはわからなかった。

あたしは人間《にんげん》だ。彼《かれ》を封印《ふういん》に利用《りよう》したのは卑怯《ひきょう》だと思《おも》うけど、それで鬼《おに》だった酒呑童子《しゅてんどうじ》君《くん》が人間《にんげん》を好《す》きになってくれたのなら、やっぱり嬉《うれ》しいよ……。

酒呑童子君《しゅてんどうじくん》は、あたしの言葉《ことば》を聞《き》いて、少《すこ》し嬉《うれ》しそうに笑《わら》った。

「……けど、もう、終《お》わりだな」

なのに、続《つづ》いてつぶやいたのは、とても悲《かな》しそうな、一言《ひとこと》。

どうして——って、あたしが聞《き》きかえすより先《さき》に、酒呑童子君《しゅてんどうじくん》は続《つづ》けた。

「三《さん》ケ月前《げつまえ》にじいさんが死《し》んで、屋敷《やしき》に住《す》む者《もの》がいなくなったとき、おれも一緒《いっしょ》に消《き》えちまうはずだった。なんで今《いま》まで消《き》えずにいられたのか不思議《ふしぎ》だったんだが、たぶん、もと鬼《おに》だったおれの妖力《ようりょく》が強《つよ》かったせいなんだろう。でも……さすがにもう、限界《げんかい》だ」

「……あの、それ、どういうこと？」

酒呑童子君《しゅてんどうじくん》の声《こえ》が、辛《つら》そうに震《ふる》えるのが気《き》になって、あたしは聞《き》いた。

「屋敷神《やしきがみ》ってのは、つくも神《がみ》の一種《いっしゅ》でさ。屋敷《やしき》の住人《じゅうにん》がいないと、生《い》きていけないんだ。ひとの住《す》まない屋敷《やしき》に守《まも》り神《がみ》は必要《ひつよう》ないからな。今《いま》のおれは、記憶《きおく》と体《からだ》は取《と》り戻《もど》したが、魂《たましい》は屋敷神《やしきがみ》にされたままだから、竹取屋敷《たけとりやしき》に住《す》む者《もの》がいないんじゃ、消《き》えるしかない」

せっかく、こうやって、もう一度《いちど》、人間《にんげん》と触《ふ》れあえるようになったのにな——ってつぶやく酒呑童子君《しゅてんどうじくん》の目《め》には、うすく涙《なみだ》がにじんでる。

「消《き》えるって……死《し》んじゃうってこと？　そんな……どうにか、ならないの？」

「ならねえよ。魂《たましい》が消《き》えりゃ、それまでだ。誰《だれ》かがここに住《す》んでくれりゃ別《べつ》だが……誰《だれ》もいないだろ、こんな古《ふる》い屋敷《やしき》に住《す》もうなんてヤツ。人間《にんげん》は新《あたら》しいもんが好《す》きだからな」

いいんだ、しかたない。充分《じゅうぶん》、長生《ながい》きさせてもらったよ。

切《せつ》ない声《こえ》でそう言《い》った酒呑童子君《しゅてんどうじくん》は、潤《うる》んだ目《め》であたしを見《み》た。

「最後《さいご》にお前《まえ》みたいな人間《にんげん》に会《あ》えてよかった。……ありがとう」

とても優《やさ》しい、穏《おだ》やかな声《こえ》。

「ま……待《ま》ってよ」

あたしは焦《あせ》って、大声《おおごえ》で言《い》った。

「諦《あきら》めちゃだめだよ。さっきの騒《さわ》ぎのおかげで取《と》り壊《こわ》し工事《こうじ》も中断《ちゅうだん》したし、もしかして、誰《だれ》かここに住《す》むひとが見《み》つかるかもしれない。ね、諦《あきら》めないで……」

こんな悲《かな》しそうな涙《なみだ》を見《み》ちゃったら、放《ほう》っておけない。消《き》えちゃうなんて……かわいそうだ。この屋敷《やしき》をこんなに大事《だいじ》に思《おも》ってるのに。

「……優《やさ》しいんだな、お前《まえ》」

酒呑童子君《しゅてんどうじくん》は、小《ちい》さく笑《わら》った。

「お前《まえ》がじいさんの娘《むすめ》か孫《まご》だったらよかったのにな。……そうだ。せめて、お前《まえ》が、この屋敷《やしき》を最後《さいご》まで見届《みとど》けてくれるか。おれに、約束《やくそく》してくれるか」

震《ふる》える声《こえ》とともに、酒呑童子君《しゅてんどうじくん》はそっと手《て》を伸《の》ばしてくる。最後《さいご》の力《ちから》を振《ふ》り絞《しぼ》るみたいな、弱々《よわよわ》しい動《うご》き。あたしはたまらなくなって、大《おお》きくうなずいた。

「わかった。竹取屋敷《たけとりやしき》を見届《みとど》けるよ。あたしが」

うまくいくかどうかはわからないけど、権田《ごんだ》さん夫婦《ふうふ》にお願《ねが》いして、取《と》り壊《こわ》しはやめてくれるように頼《たの》んでみるし、ここに住《す》みたいひとがいないか、探《さが》してみる。できる限《かぎ》りのこと、やってみる。

「そうか。……本当《ほんとう》に、最後《さいご》まで、この屋敷《やしき》を見捨《みす》てないでくれるか」

「うん。約束《やくそく》する」

うなずいて、あたしも自分《じぶん》の手《て》を伸《の》ばす。

かすかに震《ふる》える酒呑童子君《しゅてんどうじくん》の指《ゆび》と、あたしの指《ゆび》が近《ちか》づき――そっと触《ふ》れる。

――その、瞬間《しゅんかん》。

「よし、約定《やくじょう》、成立《せいりつ》だ！」

いきなり、指《ゆび》を、ぐいとつかまれた。

7

「え――？」

ぎょっとするあたしの目《め》の前《まえ》で、酒呑童子君《しゅてんどうじくん》はガバっと身《み》を起《お》こす。

え、なに。今《いま》の今《いま》まで死《し》にそうだったのに、急《きゅう》に元気《げんき》な動《うご》き……。

「決《き》まりだ、お前《まえ》はこれから、この屋敷《やしき》の主《あるじ》だ。屋敷神《やしきがみ》と約定《やくじょう》を交《か》わしたんだからな。もう逃《に》げられないぞ」

「え？　は？　……あの、何言《なにい》ってるの？」

あたし、びっくりして、酒呑童子君《しゅてんどうじくん》の手《て》を振《ふ》り払《はら》おうとしたんだけど。

「おっと、逃《に》がさねえって言《い》っただろ」

酒呑童子君《しゅてんどうじくん》は、あたしの指《ゆび》を強《つよ》くつかんだまま、ぐっと顔《かお》を近《ちか》づけてきた。

にやり、と笑《わら》うと、

「この屋敷《やしき》を見捨《みす》てない――お前《まえ》はそう言《い》い、おれに触《ふ》れた。それで約定《やくじょう》は成立《せいりつ》だ。神様《かみさま》との約束《やくそく》だ。破《やぶ》るなんて許《ゆる》されねえぞ。そんなことをしたら、おれは祟《たた》り神《がみ》になってやる。祟《たた》られたくなかったら、約定《やくじょう》を果《は》たしな」

「えええええっ、でも、それって、あの……」

あたしは、おろおろと、ひたすら、うろたえる。

見捨《みす》てないって、そりゃそう約束《やくそく》したけど、でも、あれは言葉《ことば》のアヤっていうか、やれるだけやってみるって意味《いみ》であって、別《べつ》にあたしが住《す》むなんて話《はなし》じゃなくて……。

そもそも、さっきまでの、しんみりとした、今《いま》にも消《き》えてしまいそうだった酒呑童子君《しゅてんどうじくん》は、いったいどこに行《い》っちゃったのよ。

「あの、さ、酒呑童子君《しゅてんどうじくん》、死《し》にかけてたんじゃ……」

「あ、あれ、半分《はんぶん》は演技《えんぎ》。遠《とお》からず消《き》えるだろうとは思《おも》ってたけど、今《いま》すぐってのは、嘘《うそ》」

からりと、酒呑童子君《しゅてんどうじくん》は笑《わら》った。

「いやー、人間《にんげん》てチョロいな。昔《むかし》と変《か》わってねえなー、助《たす》かったわ」

昔《むかし》から、人間《にんげん》だますの得意《とくい》だったんだよなー、なんて、得意満面《とくいまんめん》な、酒呑童子君《しゅてんどうじくん》。

嘘《うそ》でしょ。全部《ぜんぶ》、演技《えんぎ》だったの？　初《はじ》めは本気《ほんき》で涙《なみだ》ぐんでたよね？　……違《ちが》うの？

あたしは呆然《ぼうぜん》として、言葉《ことば》が出《で》ない。

「——ああ、遅《おそ》かったか」

そこで、ため息混《いきま》じりの別《べつ》の声《こえ》が、いきなり降《ふ》ってきた。

びくっとして振《ふ》り返《かえ》ったあたしは、目《め》をぱちくりさせた。

いつのまにか真後《まうし》ろに立《た》っていたのは、真《ま》っ白《しろ》な着物姿《きものすがた》の男《おとこ》のひと。

「鬼《おに》の涙《なみだ》なんかにあっさりだまされるとは……やはり似《に》ているのは見《み》かけだけで、中身《なかみ》はただの人間《にんげん》か……匂《にお》いも違《ちが》ったしな……」

つぶやいたそのひとは……えええ、よく見《み》れば、ひとじゃないよ!?

銀色《ぎんいろ》の長《なが》い髪《かみ》と、同《おな》じ色《いろ》の目《め》は、息《いき》を呑《の》むほど綺麗《きれい》で、頭《あたま》には耳《みみ》が！　狐《きつね》みたいな尖《とが》った白《しろ》い耳《みみ》がついてる！　背中《せなか》にちょろっとのぞいてるのは、尻尾《しっぽ》……？

「あの、あなた……」

いったい誰《だれ》？

そう言《い》おうとしたあたしの声《こえ》は、酒呑童子君《しゅてんどうじくん》の声《こえ》にかき消《け》された。

「て、てめえっ、鵺《ぬえ》！　クソ狐《ぎつね》！　なんでてめえがここにいるんだよ！」

「なんでも何《なに》も、さっき、お前《まえ》の暴走《ぼうそう》を止《と》めたのは、その娘《むすめ》とおれだ。わかっていなかったのか。相変《あいか》わらず、目《め》の前《まえ》のことしか見《み》えないようだな」

狐耳君《きつねみみくん》は、とっても冷《ひ》ややかに言《い》った。

「は？　何《なに》言《い》ってやがる」

酒呑童子君《しゅてんどうじくん》、かみつくように怒鳴《どな》って、狐耳君《きつねみみくん》をにらみつける。

なんだか、ものすご――く、険悪《けんあく》な雰囲気《ふんいき》。

……っと、待《ま》って。

今《いま》、酒呑童子君《しゅてんどうじくん》、このひとのこと、鵺《ぬえ》って言《い》った？

そこで、ようやくあたしは気付《きづ》く。あたしを乗《の》せて空《そら》を飛《と》んだ鵺《ぬえ》、あのあと、姿《すがた》が消《き》えていたけど……まさか。

「……思《おも》い出《だ》したぜ、クソ狐《ぎつね》。そういや、さっきはてめえ、思《おも》いっきり雷《かみなり》、ぶつけてくれたよな。てめえの武器《ぶき》は昔《むかし》っから、それしかねえんだもんな！」

「暴《あば》れるしか能《のう》のない鬼《おに》よりはましだ。お前《まえ》を止《と》めるには、いつだってあれしかなかっただろう。あのまま暴《あば》れていたら、その娘《むすめ》だって死《し》んでいたぞ」

「そ、それは……」

酒呑童子君《しゅてんどうじくん》は、急《きゅう》に勢《いきお》いがなくなる。

「……カッとなっちまったんだ。いきなり、記憶《きおく》が戻《もど》ったから」

「そう、か。……まあ、実《じつ》のところは、おれも、なんでここにいるのか、よくわかってい

ない。どうやら、長《なが》い間《あいだ》、石《いし》にされて封印《ふういん》されていたようだが……」

鵺君《ぬえくん》（……で、いいんだよね？）も、狐耳《きつねみみ》をぴくりとさせながら、あたりを見回《みまわ》す。

「……は？　なんだよ、それ。てめえ、おれより長生《ながい》きしただろ。おれが忌々《いまいま》しい武士《ぶし》どもにやられたあとも、生《い》きてたんだろ。おれより事情《じじょう》に詳《くわ》しいのが筋《すじ》じゃないのかよ」

「確《たし》かにお前《まえ》よりは百五十年《ひゃくごじゅうねん》ほど、あとまで生《い》きた。だが……」

鵺君《ぬえくん》は少《すこ》し言《い》いよどんだあと、続《つづ》ける。

「おれも、そのあと、帝《みかど》の軍勢《ぐんぜい》にやられて死《し》んだんだ。それがどうして、こんな見慣《みな》れない場所《ばしょ》で目覚《めざ》めたのか、先《さき》に死《し》んだはずの酒呑童子《しゅてんどうじ》と一緒《いっしょ》なのか……何《なに》もわからない」

「え……お前《まえ》、負《ま》けたのか？　あの最強《さいきょう》の鵺《ぬえ》が、人間《にんげん》の軍勢《ぐんぜい》なんかに……？」

酒呑童子君《しゅてんどうじくん》は、そっちのほうにショックを受《う》けたみたいだった。

「負《ま》けるはずないだろ。お前《まえ》は、平安京《へいあんきょう》で最強《さいきょう》の妖怪《ようかい》だったし、天《てん》の姫《ひめ》の加護《かご》だって――」

「それでも、負《ま》けたんだ」

強引《ごういん》に、鵺君《ぬえくん》は話《はなし》を遮《さえぎ》った。それについて話《はな》したくない、そんな感《かん》じ。

「記憶《きおく》はそこまでで、目覚《めざ》めたら、このありさまだ。目《め》の前《まえ》でお前《まえ》が暴《あば》れていたから、とりあえず、止《と》めてはみたが、妖力《ようりょく》もまだ不安定《ふあんてい》で、その娘《むすめ》の手助《てだす》けがなければ危《あぶ》ないところだった。——それほどに大《おお》きな力《ちから》を持《も》った娘《むすめ》が、おれが久《ひさ》しぶりに人形《ひとがた》になるのに手間《てま》取《ど》っている間《あいだ》に、まさか、鬼《おに》なんぞにだまされ、約定《やくじょう》で縛《しば》られるとは……」

はああと、鵺君《ぬえくん》はまた、ため息《いき》をつく。

「あの……さ。大《おお》きな力《ちから》を持《も》った娘《むすめ》……って、まさか、あたしのこと？」

恐《おそ》る恐《おそ》る、あたしは口《くち》をはさんだ。

「当然《とうぜん》だ。ほかに誰《だれ》がいる」

「え、だって、あたし、ただの普通《ふつう》の女《おんな》の子《こ》だよ。力《ちから》だなんて——」

「普通《ふつう》の娘《むすめ》が、そんなとんでもない石《いし》を持《も》っているはずがないだろう」

鵺君《ぬえくん》は、あたしのブレスレットを指差《ゆびさ》した。

「その石《いし》が放《はな》つ光《ひかり》が、おれの封印《ふういん》を解《と》いた。おれを封《ふう》じた者《もの》の強大《きょうだい》な妖力《ようりょく》が、その石《いし》によって消《け》されたからだ。おそらく、その石《いし》の光《ひかり》には妖力《ようりょく》を抑《おさ》える力《ちから》がある。そうだろう？」

「……いや、そうだろうって言《い》われても、あたしは知《し》らないし……」

「何《なに》を言《い》う。お前《まえ》は石《いし》の力《ちから》を使《つか》いこなし、暴走《ぼうそう》した酒呑童子《しゅてんどうじ》をしずめただろう」

「……あれは……なんとなく、そうしたほうがいいかなあって思《おも》っただけで……別《べつ》に使《つか》いこなしたとか、そういうんじゃ……」

「はあ？　なんとなく？　そんな曖昧《あいまい》な理由《りゆう》だけで、暴《あば》れる鬼《おに》に立《た》ち向《む》かったのか？」

「……だって、放《ほう》っておけなかったし……」

しどろもどろのあたしに、だんだん鵺君《ぬえくん》が呆《あき》れ顔《がお》になっていく。

「なんて無謀《むぼう》な……」

……いや、ちょっと、待《ま》ってよ。

あれはどっちかっていうと、鵺君《ぬえくん》が強引《ごういん》にやらせたんじゃない。あたしのこと、勝手《かって》に背中《せなか》に乗《の》せて、空《そら》まで飛《と》んでさ。なんで、あたしが自主的《じしゅてき》にやったみたいになってるの。

「ともかく、あたしは――」

大《おお》きな力《ちから》なんかないし、妖怪《ようかい》くんたちにこれ以上関《いじょうかか》わる気《き》はないし、ここに住《す》む気《き》だって、いっさいありません！

それだけは、はっきりさせとかなきゃって、あたし、断言《だんげん》しようとしたんだけど。

「まあいいさ、その石《いし》がどうこうって話《はなし》はおれも気《き》になるけど、ゆっくり調《しら》べたらいい」

酒呑童子君《しゅてんどうじくん》が、あたしに向《む》き直《なお》り、ニヤっと笑《わら》ってみせる。

「なにせ、時間《じかん》はたっぷりあるんだ。これから、一緒《いっしょ》に暮《く》らすんだから。――よろしくな。竹取屋敷《たけとりやしき》の新《あたら》しい主様《あるじさま》」

【第二話《だいにわ》】ドキドキ、同居《どうきょ》スタート！

1

その朝《あさ》、雲《くも》ひとつない青空《あおぞら》の下《もと》、あたしの引《ひ》っ越《こ》し荷物《にもつ》を積《つ》んだトラックは、ゆっくりと門《もん》の前《まえ》に停車《ていしゃ》した。

「着《つ》きましたよ。ああ立派《りっぱ》なお屋敷《やしき》だ。こんなところに住《す》めるなんて、うらやましい」

助手席《じょしゅせき》のあたしに、トラックの運転手《うんてんしゅ》さんは、驚《おどろ》いた顔《かお》で声《こえ》をかけてくる。だったら代《か》わってくれませんか——って本音《ほんね》を言《い》うわけにもいかず、あたしは引《ひ》きつり笑《わら》い。

そりゃ、あたしだって、一週間前《いっしゅうかんまえ》、今《いま》と同《おな》じく竹取屋敷《たけとりやしき》の門《もん》の前《まえ》に立《た》ったときには、確《たし》かに思《おも》った。こんなところに住《す》んでみたい、って。でも、それって、パパやママが一緒《いっしょ》だったり、オトナになってから友達《ともだち》とルームシェアしたりって場合《ばあい》の話《はなし》なわけで。

「おー、予定通《よていどお》りだな、若菜《わかな》。待《ま》ってたぜ」

門《もん》の前《まえ》で陽気《ようき》に出迎《でむか》えるのは、T《ティー》シャツにデニムの、一見《いっけん》さわやか高校生風《こうこうせいふう》、イケメンくん。――その正体《しょうたい》は、千年《せんねん》の時《とき》を越《こ》えてよみがえった鬼《おに》、酒呑童子《しゅてんどうじ》。

足下《あしもと》には、銀色《ぎんいろ》の獣《けもの》もいる。こないだ背中《せなか》に乗《の》せてもらったときよりも小《ちい》さめの姿《すがた》で、ちょっと変《か》わった毛並《けな》みの犬《いぬ》みたいに見《み》えないことはないけど、じーっと見《み》れば、犬《いぬ》じゃないのバレバレ。まあ、耳《みみ》つき尻尾《しっぽ》つきの人間姿《にんげんすがた》で出《で》てこられるよりはいいけどさ……。

こんなおかしな妖怪《ようかい》くんたちと一緒《いっしょ》に暮《く》らすだなんて、まだ信《しん》じられない。……ていうか、信《しん》じたくない……。

「あ、荷物《にもつ》は、玄関《げんかん》まで運《はこ》んでもらえれば、あとはおれたちだけでできますんで」

あたしの不安《ふあん》なんかお構《かま》いなしで、酒呑童子君《しゅてんどうじくん》はにここと、差《さ》し入《い》れの缶《かん》コーヒーを運転手《うんてんしゅ》さんに手渡《てわた》している。

「そうかい？　ベッドなんかは、結構《けっこう》、重《おも》たいぞ？」

「平気《へいき》です。これでも、力《ちから》あるほうなんで」

「そうか。じゃ、頼《たの》むよ。すぐに次《つぎ》の現場《げんば》に向《む》かいたいんで、助《たす》かるよ」

「いえいえ、うちの引《ひ》っ越《こ》し、無理《むり》言《い》って急《いそ》ぎで引《ひ》き受《う》けていただいて、感謝《かんしゃ》してます」

丁寧《ていねい》に頭《あたま》を下《さ》げる酒呑童子君《しゅてんどうじくん》に、「今《いま》どきの子《こ》にしちゃ礼儀正《れいぎただ》しいねえ」なんて、運転《うんてん》手《しゅ》さんは感心《かんしん》している。

いやいや、そのイケメン、生《う》まれたの千年以上前《せんねんいじょうまえ》だし、そもそも、人間《にんげん》じゃないですから。あたしのことだまして、この屋敷《やしき》に引《ひ》っ張《ぱ》り込《こ》もうとしている、演技派《えんぎは》の鬼《おに》ですから。

――って、ホントのことを、この場《ば》で暴露《ばくろ》したい！

でも、言《い》ったところで、誰《だれ》も信《しん》じてくれないに決《き》まってるんだ……。

酒呑童子君《しゅてんどうじくん》が、「お前《まえ》が竹取屋敷《たけとりやしき》の新《あたら》しい主《あるじ》」って勝手《かって》に宣言《せんげん》してから、一週間《いっしゅうかん》。

その間《あいだ》に、自称《じしょう》「人間《にんげん》をだますのは大得意《だいとくい》」の酒呑童子君《しゅてんどうじくん》は、本当《ほんとう》に、まわりのオトナたちを言《い》いくるめてしまった。

まずは、金《きん》ピカ権田《ごんだ》さん。あの騒《さわ》ぎのあと、竹取屋敷《たけとりやしき》には二度《にど》と近《ちか》づきたくないって言《い》って、駅前《えきまえ》のホテルにこもっちゃってたんだけど。

酒呑童子君《しゅてんどうじくん》は、人間《にんげん》の高校生《こうこうせい》になりすまして、しれっと会《あ》いに行《い》った。

権田《ごんだ》さんは、鬼《おに》の姿《すがた》になったときの酒呑童子君《しゅてんどうじくん》しか見《み》ていないから、さわやかイケメンな姿《すがた》を見《み》ただけじゃ、あの騒《さわ》ぎを起《お》こした張本人《ちょうほんにん》だなんて気付《きづ》かなかったみたい。

――おれのじいちゃんが、竹取屋敷《たけとりやしき》のおじいさんの幼《おさな》なじみで、おれも昔《むかし》から、お屋敷《やしき》によく遊《あそ》びに行《い》ってたんです。二年前《にねんまえ》、おれのじいちゃんと父《とう》さん、母《かあ》さんが一緒《いっしょ》に交通《こうつう》事故《じこ》で死《し》んじゃったときも、おじいさんが心《こころ》の支《ささ》えになってくれました。なのに、おれが外国《がいこく》に留学《りゅうがく》していた半年《はんとし》の間《あいだ》に、おじいさんが病気《びょうき》になって死《し》んじゃったなんて……！

そんな見《み》えすいた作《つく》り話《ばなし》（と、得意《とくい》の嘘泣《うそな》き！）にも、あっさりだまされちゃった。

というのも、屋敷神《やしきがみ》としてずっとおじいさんのそばにいた酒呑童子君《しゅてんどうじくん》は、お屋敷《やしき》のこともおじいさんのことも、誰《だれ》より詳《くわ》しい。おじいさんが集《あつ》めていた外国《がいこく》の絵《え》はがきがどこにしまってあるか、年代物《ねんだいもの》の銀食器《ぎんしょっき》はどの棚《たな》にあるか、全部《ぜんぶ》、知《し》ってる。

よほど親《した》しい仲《なか》だったんだろうって、権田《ごんだ》さんは思《おも》っちゃったみたい。

「おじいさんとの思《おも》い出《で》の場所《ばしょ》に、少《すこ》しの間《あいだ》でいいから、おれを住《す》まわせてくれませんか。お願《ねが》いします。留学《りゅうがく》から帰《かえ》ってきたばかりで、住《す》む家《いえ》もないんです――」

そんな無茶《むちゃ》なお願《ねが》いにもあっさりうなずいてくれたそうだから、権田《ごんだ》さんは実《じつ》はあたし以上《いじょう》にチョロい人《ひと》なのかもしれない。――まあ、実際《じっさい》には、そのあと、あたしのマンションに現《あらわ》れた酒呑童子君《しゅてんどうじくん》が話《はな》してくれた、オトナの事情《じじょう》もあったみたいだけど。

「こないだの騒《さわ》ぎのせいで、化《ば》け物屋敷《ものやしき》の噂《うわさ》がますます広《ひろ》がっちまってさ。取《と》り壊《こわ》しは業者《ぎょうしゃ》に断《ことわ》られるし、賃貸《ちんたい》に出《だ》そうとしても借《か》り手《て》がつく見込《みこ》みはないし、管理人《かんりにん》さえ誰《だれ》も引《ひ》き受《う》けてくれない。おっさん、困《こま》ってたんだよ。おれの申《もう》し出《で》は都合《つごう》がよかったのさ」

……まったく、騒《さわ》ぎを引《ひ》き起《お》こした張本人《ちょうほんにん》が、何《なに》を言《い》ってんだか。

あたしは呆《あき》れながらも、おそるおそる、言《い》った。

「あのさ、酒呑童子君《しゅてんどうじくん》、そんだけ人《ひと》をだますのが得意《とくい》なんだったらさ。あたしじゃなくて、誰《だれ》かオトナの人《ひと》をだまして、竹取屋敷《たけとりやしき》の主《あるじ》にしたらどうかな。そのほうが、世間的《せけんてき》にも怪《あや》しまれなくていいと思《おも》うんだけど」

「何言《なにい》ってんだ。普通《ふつう》の人間《にんげん》じゃダメだろ。お前《まえ》みたいなヘンなヤツじゃないと、鬼《おに》だの鵺《ぬえ》だのと一緒《いっしょ》に暮《く》らすなんて無理《むり》に決《き》まってる」

「あたしだって無理《むり》……」

「いやー、大丈夫《だいじょうぶ》だって。お前《まえ》のママさん、言《い》ってたぜ。若菜《わかな》はのんびりしてるようで、根《ね》は意外《いがい》としっかりものなのよ、力《ちから》を合《あ》わせて仲良《なかよ》くね、ってな」

「う……」

そうなんだ。この口《くち》の上手《うま》い鬼君《おにくん》ときたら、なんと、うちのママまで、あっというまに味方《みかた》につけちゃったのだ。

ママがいきなり、真剣《しんけん》な声《こえ》で電話《でんわ》をしてきたときには、あたしはホントにびっくりした。

「若菜《わかな》、本当《ほんとう》はアメリカに来《き》たくないんだったら、もっと早《はや》く相談《そうだん》してくれたらよかったのに。これまでもパパの転勤《てんきん》に合《あ》わせて転校《てんこう》ばかりだったけど、本当《ほんとう》は淋《さび》しかったのね。

ごめんなさい、気付《きづ》いてあげられなくて。あなたが日本《にっぽん》に残《のこ》れるように、権田《ごんだ》さんがあの竹取屋敷《たけとりやしき》を使《つか》わせてくれるんですって？　信頼《しんらい》できる同居人《どうきょにん》もいるんでしょう。ママも電《でん》話《わ》でお話《はな》ししたけど、いい子《こ》じゃないの。よかったわ。ママも安心《あんしん》できるわ」

「え、ちょっと待《ま》って、ママ、あたしは別《べつ》に……」

そりゃ、正直《しょうじき》いえば、転校《てんこう》ばっかりで淋《さび》しいと思《おも》ったことはある。友達《ともだち》ができても、一《いち》年《ねん》か二年《にねん》でお別《わか》れ。新《あたら》しい学校《がっこう》にやっとなじめたと思《おも》ったら、また転校《てんこう》。

でも、もう慣《な》れっこで、今《いま》さら、つらいなんて思《おも》ってなかったんだけど……。

あたしがそう言《い》っても、「気《き》を使《つか》わなくていいのよ、若菜《わかな》」って、ママは言《い》うばかり。

それどころか、あたしが日本《にっぽん》に残《のこ》っても不自由《ふじゆう》しないように、学校《がっこう》の先生《せんせい》ともやりとりを進《すす》めてしまった。

……ホントに、すごいよ、酒呑童子君《しゅてんどうじくん》。電話《でんわ》だけで、直接会《ちょくせつあ》いもしないで、ここまでママを丸《まる》め込《こ》んじゃうなんて。

気《き》がつけば、あたしはすっかり、まわりを固《かた》められて、あと戻《もど》りできない状態《じょうたい》。とうとう、妖怪《ようかい》さんたちとの同居生活《どうきょせいかつ》が始《はじ》まっちゃう。うう、不安《ふあん》だよ……。

2

「さて、これでやっと、竹取屋敷《たけとりやしき》は無事《ぶじ》に新《あたら》しい主《あるじ》を迎《むか》えたわけだ。よかったよかった。これからよろしくな、主様《あるじさま》」

トラックが帰《かえ》ると、酒呑童子君《しゅてんどうじくん》はご機嫌《きげん》でそう言《い》い、エスコートするみたいにうやうやしく、あたしの手《て》をとった。

「え、あの、ちょっと……」

うろたえるあたしに優雅《ゆうが》に一礼《いちれい》し、屋敷《やしき》に招《まね》き入《い》れる。

や、やだ。顔《かお》だけは文句《もんく》なしイケメンな酒呑童子君《しゅてんどうじくん》にそんなことされると、不覚《ふかく》にも、ドキドキしちゃう。——けど、ここでほだされちゃうとまた、あとからまた絶対《ぜったい》、チョロいって言《い》われるからねっ。もうだまされないんだからっ。

慌《あわ》てて手《て》を振《ふ》りほどくと、酒呑童子君《しゅてんどうじくん》はニヤっと笑《わら》った。

「そう警戒《けいかい》すんなって。荷物《にもつ》はあとでいいから、部屋《へや》に案内《あんない》するぜ。……あ、そうだ。おれの酒呑童子《しゅてんどうじ》って名前《なまえ》、さすがに現代《げんだい》には合《あ》わないから、新《あたら》しい名前《なまえ》を考《かんが》えたんだ。大江《おおえ》山《やま》の酒呑童子《しゅてんどうじ》をもじって、大江山《おおえやま》シュウ、だ。いい名前《なまえ》だろ。これからは、そう呼《よ》べ」

「シュウ君《くん》……ね。わかった」

確《たし》かに酒呑童子君《しゅてんどうじくん》よりは言《い》いやすいし、現代《げんだい》に合《あ》ってる。

「鵺《ぬえ》にも何《なに》か、呼《よ》び名《な》がいるよな。何《なに》にする？」

「おれはいらん」

よそのひとがいなくなったからか、ふわっと身《み》を翻《ひるがえ》して耳《みみ》と尻尾《しっぽ》付《つ》き人間《にんげん》バージョンに変《か》わった鵺君《ぬえくん》は、酒呑童子君《しゅてんどうじくん》――ううん、シュウ君《くん》の言葉《ことば》に、素《そ》っ気《け》なく首《くび》を振《ふ》った。

「なんでだよ。いるだろ。お前《まえ》だって、これからここで暮《く》らしていくんだし」

「いらん。わずらわしい。そもそも、お前《まえ》のように外《そと》の人間《にんげん》に関《かか》わる気《き》は、おれにはないからな。名前《なまえ》なんぞ必要《ひつよう》ない」

「でも……何《なに》か呼《よ》び名《な》はあったほうがいいと思《おも》う……。よそのひとはともかくとして、あたしが呼《よ》ぶための名前《なまえ》、何《なに》か考《かんが》えてもいい？」

横《よこ》から口《くち》をはさむと、鵺君《ぬえくん》は一瞬《いっしゅん》、驚《おどろ》いたみたいにあたしを見《み》た。

「……顔《かお》だけじゃなく、言《い》うことも似《に》ているんだな」

「え？　似《に》ているって……誰《だれ》と？」

「……いや……まあ、お前《まえ》が呼《よ》びたいなら、なんとでも呼《よ》べばいいが……」

「うん。じゃあ、そうするね」

とはいうものの、なんて呼《よ》べばいいのか、すぐには思《おも》いつかない。あとで決《き》めるねって言《い》うと、鵺君《ぬえくん》もうなずいてくれた。

「ほら、部屋《へや》行《い》くぞ、部屋《へや》」

シュウ君《くん》があたしたちを促《うなが》して、先《さき》に立《た》って廊下《ろうか》を歩《ある》きだした。

「若菜《わかな》の部屋《へや》はここな。南向《みなみむ》きだから日当《ひあ》たりいいし、広《ひろ》くていいだろ」

突《つ》き当《あ》たりで立《た》ち止《ど》まり、ひろびろとした部屋《へや》を示《しめ》され、あたしは目《め》を丸《まる》くした。

庭《にわ》に面《めん》した和室《わしつ》は二間続《ふたまつづ》きで、これまで暮《く》らしていたあたしの部屋《へや》が三《みっ》つは入《はい》りそうな広《ひろ》さ。年代物《ねんだいもの》の桐《きり》ダンスと漆塗《うるしぬ》りの机《つくえ》も置《お》かれていて、奥《おく》には、黒塗《くろぬ》りの柱《はしら》の床《とこ》の間《ま》。

「……あの、本当《ほんとう》にいいの？　こんな広《ひろ》い部屋《へや》、一人《ひとり》で使《つか》っても」

広《ひろ》いだけじゃなくて、まるで時代劇《じだいげき》のお姫様《ひめさま》が使《つか》うような、立派《りっぱ》な部屋《へや》だよ。このお屋《や》敷《しき》のなかでも、特《とく》にいい部屋《へや》なんじゃないの……？

「いいぜ。部屋《へや》ならいくらでも余《あま》ってんだし、そもそも、お前《まえ》が屋敷《やしき》の主《あるじ》なんだし」

そ……か。なら、使《つか》わせてもらお、かな。

「あ、でも、畳敷《たたみじ》きだよね。ベッド置《お》いても大丈夫《だいじょうぶ》かな」

「下《した》にカーペット敷《し》きゃ、いいんじゃねえか？　おれもそうするつもりで、昨日《きのう》、ネット通販《つうはん》でベッド買《か》った」

「そうなんだ。よかった。……って……え？」

なんか、今《いま》、シュウ君《くん》てば、さりげなく、びっくりすること言《い》わなかった？

「シュウ君《くん》、ネット通販《つうはん》してるの？　できるの!?」

「おう。じいさんが使《つか》ってた古《ふる》いパソコン、試《ため》してみたら、まだ使《つか》えたんだ。やり方《かた》は、ずっとじいさんを見《み》てたからわかってるしな。便利《べんり》だぞー、インターネット。服《ふく》も買《か》えるし。これも通販《つうはん》で買《か》ったやつだぜ」

着《き》ているT《ティー》シャツをつまんでみせる。なんか……現代《げんだい》に馴染《なじ》みすぎじゃない？

……けど、ちょっと待《ま》って。通販《つうはん》て、その……お金《かね》、は？

おそるおそる聞《き》いてみると、シュウ君《くん》はふふんと不敵《ふてき》に笑《わら》った。

「屋敷神《やしきがみ》なめんな。人嫌《ひとぎら》いのじいさんが、銀行《ぎんこう》にも預《あず》けずに隠《かく》してきたへそくりのありか、全部《ぜんぶ》知《し》っててんのはおれだけだぜ」

わー……それって、いいのかな……とりあえず、聞《き》かなかったことにしとこ……。

「で、おれの部屋《へや》は、あっち側《がわ》。東《ひがし》の庭《にわ》に面《めん》したところ、な」

シュウ君《くん》は、廊下《ろうか》の向《む》こうを指差《ゆびさ》しながら、話《はなし》を続《つづ》ける。

「その隣《となり》が、鵺《ぬえ》の部屋《へや》で――」

「おれは部屋《へや》もいらん」

科白《せりふ》の途中《とちゅう》で、再《ふたた》び鵺君《ぬえくん》が、ばっさりと切《き》り捨《す》てた。

「またかよ。お前《まえ》、この屋敷神様《やしきがみさま》にいちいちつっかかるよな。部屋《へや》がなくてどうすんだよ。どこで寝《ね》んだよ」

「おれは本来《ほんらい》、獣《けもの》だ。人間《にんげん》のような広《ひろ》い部屋《へや》は必要《ひつよう》ない。それに、夜《よる》は……」

そこで鵺君《ぬえくん》はちらりと、窓《まど》の向《む》こうに広《ひろ》がる庭《にわ》に目《め》をやった。小《ちい》さな池《いけ》のある静《しず》かな庭《にわ》と、その奥《おく》には竹林《たけばやし》。

「……とにかく、部屋《へや》はいらん」

「そうかよ。……まあ、好《す》きにしろ」

しょうがねえヤツだなって、シュウ君《くん》は肩《かた》をすくめた。

「狐野郎《きつねやろう》は勝手《かって》にさせるとして……居間《いま》、いや、現代風《げんだいふう》にはリビングっていうのか。ソファーとかテーブルとか、奥《おく》の客間《きゃくま》にあったやつを昨夜《ゆうべ》のうちに運《はこ》んどいたから、あとで若菜《わかな》が使《つか》いやすいようにしてくれ。お前《まえ》、畳《たたみ》にちゃぶ台《だい》より、そっちのほうがいいんだろ」

「うん、わかった。でも、リビングは、みんなが使《つか》いやすいように話《はな》し合《あ》ったほうがよくない？　食事《しょくじ》も、そこでするでしょ？　ちゃぶ台《だい》のほうがよければ、それでもいいよ？」

当《あ》たり前《まえ》のことを、あたしは言《い》ったつもりだったんだけど。

シュウ君《くん》は微妙《びみょう》な顔《かお》。鵺君《ぬえくん》も黙《だま》ったまま。

「——とりあえず、始《はじ》めるぞ。まずは、大掃除《おおそうじ》からだ。しばらく人《ひと》が住《す》んでなかったんだから、埃《ほこり》がすごいぞ。サボんなよ」

屋敷神《やしきがみ》のシュウ君《くん》が号令《ごうれい》を出《だ》し、あたしたちは作業《さぎょう》を始《はじ》めることになった。


広《ひろ》いお屋敷《やしき》だから、掃除《そうじ》だけでも本当《ほんとう》に大変《たいへん》で、結局《けっきょく》、午前中《ごぜんちゅう》は、ほとんど、かかりきりになっちゃった。昼《ひる》ご飯《はん》も、作業《さぎょう》の合間《あいま》にドーナツをつまんだだけ。掃除《そうじ》が終《お》わると、玄関《げんかん》のまわりに置《お》いたままだった引《ひ》っ越《こ》し荷物《にもつ》を、シュウ君《くん》が部屋《へや》まで運《はこ》んでくれた。

ベッドをひょいっと片手《かたて》で持《も》ち上《あ》げる姿《すがた》には、さすがにあたしもびっくりして、

「すごい……本当《ほんとう》に重《おも》くないの？」

「ふふん、鬼《おに》の力《ちから》は人間《にんげん》の百倍《ひゃくばい》だぜ」

得意《とくい》げに言《い》うシュウ君《くん》は、それだけ怖《こわ》い妖怪《ようかい》だってことだけど、こういうときは助《たす》かる。

おかげで予定《よてい》よりも早《はや》く、あたしの部屋《へや》の片付《かたづ》けは終《お》わって、夕方《ゆうがた》になるころには、シュウ君《くん》に言《い》われたリビングのセッティングにかかることができた。

この前《まえ》、権田《ごんだ》さんたちが宴会《えんかい》していた座敷《ざしき》を、リビングとして使《つか》う予定《よてい》なんだけど、あの日《ひ》とは違《ちが》って、すでにカーペットが敷《し》かれ、六人掛《ろくにんが》けの大《おお》きなダイニングテーブルと、ソファーが運《はこ》び込《こ》まれていた。

どれもかなりの年代物《ねんだいもの》で、これまでの竹取屋敷《たけとりやしき》の住人《じゅうにん》が、大切《たいせつ》に受《う》け継《つ》いできたのがわかる。新《あたら》しく主《あるじ》になったあたしも、ちゃんと丁寧《ていねい》に使《つか》わないといけないよね。――いや、まだ、ここの主《あるじ》になることに、心《こころ》から納得《なっとく》したわけじゃないけどねっ。

なんて考《かんが》えていたら、隣《となり》のキッチンから、シュウ君《くん》の声《こえ》がした。

「若菜《わかな》、重《おも》いもの運《はこ》ぶときはおれに言《い》えよ。お前《まえ》はこの屋敷《やしき》の主《あるじ》なんだから、遠慮《えんりょ》すんな」

「あ、ありがと」

……まあ、優《やさ》しいとこはある……よね、シュウ君《くん》て。鬼《おに》だけどね。

「ところでシュウ君《くん》は何《なに》してんの、キッチンで」

さっきから、ずっとゴソゴソやってるみたいだけど。

「ああ、料理道具《りょうりどうぐ》、片付《かたづ》けてんだ。これからはおれが使《つか》うキッチンだからな。使《つか》いやすいようにしねえと」

「……って、えっ、シュウ君《くん》、料理《りょうり》できるの⁉　……ていうか、念《ねん》のためにきくけど、シュウ君《くん》の食《た》べるものって……あたしと同《おな》じ、かな?」

「人食い鬼だって噂、なかったっけ?　そういえば、昼ご飯は、手の空いたときに各自で食べたから、妖怪さんたちが何を食べたのか、見てない。う、不安……」

「ふふん、絶品料理《ぜっぴんりょうり》、食《た》べさせてやるぜ。いやー、一度《いちど》やってみたかったんだよ、料理《りょうり》。何百年《なんびゃくねん》も、見《み》てるだけだったからなー。あれこれチャレンジするぜ！」

「……ってことは、一度《いちど》もやったことない、んだね？」

「なんだ、その顔《かお》。心配《しんぱい》すんな。おれ、料理《りょうり》の才能《さいのう》ある気《き》がするんだ。まあ見《み》てな」

ドヤ顔《がお》で、びしっとシャモジを構《かま》えてみせるシュウ君《くん》。……ホントに大丈夫《だいじょうぶ》なのかなー……まあ本人《ほんにん》がやる気《き》になってるんだから、とりあえず、おまかせしたらいいのかな……。

不安《ふあん》は残《のこ》しつつ、あたしは、リビングの片付《かたづ》けを続《つづ》ける。

ソファの位置《いち》は今《いま》のままでいいとして、あとは、さっきシュウ君《くん》に運《はこ》び込《こ》んでもらったテレビ。ここのテレビは古《ふる》かったから、あたしが持《も》ってきたのをリビングに置《お》くことにしたんだ。コンセントいれて、テレビにつないで、リモコンの電池《でんち》も確《たし》かめて……電源《でんげん》オン。

「お、映《うつ》った」

チャンネルをあれこれいじってみる。うん、いい感《かん》じ。

――と、画面《がめん》に、マイクを手《て》にした男《おとこ》の子《こ》たちが映《うつ》る。

「あ、ネクストだ！」

思《おも》わず、声《こえ》が出《で》ちゃった。

アイドルグループ、「ネクスト」。マコト、シンヤ、カズキ、ハヤテの四人組《よにんぐみ》で、今《いま》、女《おんな》の子《こ》に大人気《だいにんき》。あたしも大好《だいす》き。歌《うた》もいいし、踊《おど》りもいいし、もちろん、かっこいい！

あたしがいちばん好《す》きなのはメインボーカルのハヤテだけど、メンバー四人《よにん》の一体感《いったいかん》が、またいいんだよね。コーラスのハモりなんか、それぞれの声《こえ》が解《と》け合《あ》うみたいにきれいで。

そのネクストは、明日《あした》、この町《まち》でコンサートをやることになっていて、地元《じもと》のテレビでも何度《なんど》か特番《とくばん》をやってる。

いつもドームやスタジアムでしかコンサートをやらない「ネクスト」が、こんな小《ち》さな町《まち》のホールに来《く》るのは、四人《よにん》が出演《しゅつえん》する新作映画《しんさくえいが》が、この町《まち》でロケをやったから。町《まち》を流《なが》れる九字川《くじがわ》の河原《かわら》で四人《よにん》が歌《うた》うシーンのロケでは、町中《まちじゅう》が見物《けんぶつ》におしかけて、大騒《おおさわ》ぎになったんだ。あたしも行《い》ったけど、人混《ひとご》みでなんにも見《み》えなくて、悔《くや》しかったなあ。

もちろん、コンサートの倍率《ばいりつ》はすごくて、学校《がっこう》でも、チケットを手《て》に入《い》れた子《こ》はほんの少《すこ》し。あたしは残念《ざんねん》ながら、申《もう》し込《こ》み自体《じたい》、してなかった。本来《ほんらい》なら、今《いま》ごろはパパやママのいるボストンに引《ひ》っ越《こ》してるはずだったから。チケット持《も》ってる子《こ》がうらやましい。

……そんなことを思《おも》いながら、うっとりとハヤテの声《こえ》に聞《き》き惚《ほ》れていると。

「な、何者《なにもの》……！」

いきなり、背中《せなか》で大声《おおごえ》がした。同時《どうじ》に、ブチッと映像《えいぞう》が途切《とぎ》れる。

あ、これって、もしや……。

「箱《はこ》のなかに小《ちい》さい人間《にんげん》……いや、新手《あらて》の妖怪《ようかい》か。おれに気配《けはい》も感《かん》じさせないとは……」

振《ふ》り向《む》くと、予想通《よそうどお》り、テレビ画面《がめん》をにらみつけ、鵺君《ぬえくん》が身構《みがま》えてた。尻尾《しっぽ》の毛《け》がぶわあっと逆立《さかだ》って、警戒《けいかい》モード。——あ、やっぱり、そうだ。

「ち、違《ちが》うよ、鵺君《ぬえくん》。これはテレビって言《い》って、本物《ほんもの》の人《ひと》じゃないよ。妖怪《ようかい》でもないし」

ネクストの歌《うた》を消《け》されちゃったことに内心《ないしん》がっくりしながら、あたしは慌《あわ》てて説明《せつめい》した。

——ちなみに、鵺君《ぬえくん》はさっきから、掃除《そうじ》も片付《かたづ》けもサボりまくってて、ときどきシュウ君《くん》に怒《おこ》られてる。……けど、「鬼《おに》の言《い》うことにいちいち従《したが》えるか」って言《い》って、気《き》まぐれ

にあたりをふらふらしていて、今《いま》も、たまたま廊下《ろうか》を歩《ある》いていたみたい。

「妖怪《ようかい》じゃ、ないのか……？」

「うん。絵《え》……みたいなものだよ。ほかの場所《ばしょ》にいるひとの姿《すがた》が、映《うつ》ってるだけ」

「そう……なのか」

屋敷《やしき》の守《まも》り神《がみ》として歴史《れきし》の移《うつ》り変《か》わりをずっと見《み》てきたシュウ君《くん》と違《ちが》って、鵺君《ぬえくん》は、千《せん》年以上《ねんいじょう》も石《いし》に変《か》えられ、眠《ねむ》らされ、いきなり現代《げんだい》に目覚《めざ》めてしまったから、今《いま》の時代《じだい》のこと、まだほとんど知《し》らない。ネット通販《つうはん》までこなすシュウ君《くん》とはまったく違《ちが》う。

まだちょっと身構《みがま》えたままの鵺君《ぬえくん》だったけど、すぐにわかってくれたみたいで、

「そうか。悪《わる》かった、騒《さわ》いでしまって。それに……またやってしまったようだ、例《れい》の、停《てい》電《でん》というやつ」

決《き》まり悪《わる》そうに言《い》った。逆立《さかだ》っていた尻尾《しっぽ》が落《お》ち着《つ》かなくゆらゆらしはじめて、ふわふわ気持《きも》ちよさそうで、さわりたい……けど、さわったら怒《おこ》られるだろうな。憧《あこが》れのもふもふを目《め》の前《まえ》に、うずうずしながら、あたしは言《い》った。

「うん……でも、しかたないよ、停電《ていでん》は」

実《じつ》は、鵺《ぬえ》っていう妖怪《ようかい》は、以前《いぜん》、権田《ごんだ》さんの奥《おく》さんにも聞《き》いた通《とお》り、別名《べつめい》、雷獣《らいじゅう》。得意《とくい》

技《わざ》は雷《かみなり》を操《あやつ》ること。雷《かみなり》って、つまり、電気《でんき》でしょ。どういう原理《げんり》だか知《し》らないけど、鵺君《ぬえくん》が驚《おどろ》くと、まわりが停電《ていでん》しちゃうの。今《いま》、テレビが消《き》えちゃったみたいに。

そもそも、「竹取屋敷取《たけとりやしきと》り壊《こわ》し未遂事件《みすいじけん》」のときの謎《なぞ》の大停電《だいていでん》も、鵺君《ぬえくん》の封印《ふういん》が揺《ゆ》らいだショックで起《お》きたっぽい。あまりの大《だい》ショックだったから、大騒《おおさわ》ぎになっちゃったんだろうって、鵺君《ぬえくん》は自分《じぶん》で言《い》ってた。

今回《こんかい》みたいにちょっとびっくりした程度《ていど》だったら、一時間《いちじかん》かそこらで電気《でんき》は戻《もど》るし、鵺《ぬえ》君《くん》が現代《げんだい》での暮《く》らしに慣《な》れるまでは我慢《がまん》するしかない……とは思《おも》ってるんだけど。

「てめえええ、クソ狐《ぎつね》えええええ」

キッチンから、地《ち》を這《は》うような呪《のろ》いの声《こえ》が。

「てめえ。またやりやがったな！　わかってんのか、ここのキッチンはオール電化《でんか》なんだぞ。停電《ていでん》したら料理《りょうり》できねえだろうがっ！」

片手《かたて》に包丁《ほうちょう》を握《にぎ》ったシュウ君《くん》が、怒《いか》りのオーラを吹《ふ》き出《だ》してリビングに乗《の》り込《こ》んできた。

「おーるでんか……って、なんだ？」

「……ふざけんなあああ」

シュウ君《くん》、まさに鬼《おに》の形相《ぎょうそう》ってやつ。コワい。鵺君《ぬえくん》も、その顔《かお》につられたのか、

「なんだ、やる気《き》なのか」

目《め》がぎらっと光《ひか》って、全身《ぜんしん》から戦闘《せんとう》オーラがあふれだして……。

「ああ止《や》めて止《や》めて。妖怪大戦争《ようかいだいせんそう》しないでっ」

二人《ふたり》が激突《げきとつ》したら、こないだの騒《さわ》ぎの二《に》の舞《まい》じゃないっ！

「二人《ふたり》とも落《お》ち着《つ》いてってば。シュウ君《くん》もさ、少《すこ》ししたら直《なお》るんだし、そんなに怒《おこ》らないで。……あ、確《たし》か停電《ていでん》でも使《つか》える竈《かまど》、あったんじゃなかった？　昔《むかし》のひとが使《つか》ってたまま、裏《うら》の土間《どま》に残《のこ》ってるやつ……」

「手間《てま》がかかるだろっ！　せっかく、スイッチひとつで飯《めし》の炊《た》ける機械《きかい》があるのに！」

「そりゃそうだけど、あたしも手伝《てつだ》うし……」

「適当《てきとう》なこと言《い》うなっ！　竈《かまど》の火《ひ》、おこせるもんならおこしてみろ。できんのかよっ」

「う……できない…です」

シュウ君《くん》、マジに怒《おこ》るとホント、コワい……。

「悪《わる》かった、竈《かまど》の火《ひ》はおれがおこす。ちょっと待《ま》っててくれ」

「なんだと、てめえ、まだ文句《もんく》が……え？」

まだ喧嘩腰《けんかごし》だったシュウ君《くん》は、急《きゅう》に下手《したて》に出《で》られ、一瞬《いっしゅん》、言葉《ことば》に詰《つ》まる。

その間《あいだ》に、鵺君《ぬえくん》のほうはあっさりとリビングを出《で》ていっちゃった。

廊下《ろうか》を去《さ》っていく背中《せなか》で、揺《ゆ》れる尻尾《しっぽ》がしょぼんとしているように見《み》えて、あたしは思《おも》わず、コワいのも忘《わす》れてシュウ君《くん》に言《い》っちゃった。

「怒《おこ》りすぎだよ。わざとやったわけじゃないのに」

「うるせえ。あのクソ狐《ぎつね》は、現代社会《げんだいしゃかい》における電気《でんき》の大切《たいせつ》さがわかってないんだ！」

「そりゃわかんないよ……」

目覚《めざ》めてからまだ一週間《いっしゅうかん》だし、買《か》い物《もの》だなんだって飛《と》び回《まわ》ってるシュウ君《くん》と違《ちが》って、屋敷《やしき》の外《そと》には全然《ぜんぜん》、出《で》ていないみたいだし。

「……こっちはせっかく旨《うま》い飯《めし》、食《た》べさせてやろうと思《おも》ってたのに」

ぶつぶつつぶやくシュウ君《くん》も、まあ、悪気《わるぎ》はないんだよね……怒《おこ》った顔《かお》がコワいのは、鬼《おに》だからしかたないんだろうし。

「おいしいご飯《はん》が食《た》べられるなら、遅《おそ》くなっても大丈夫《だいじょうぶ》だよ。……ね、少《すこ》し休憩《きゅうけい》しよ」

ともかく、シュウ君《くん》をなだめようと、あたしはそう言《い》った。

3

キッチンに行《い》って、冷蔵庫《れいぞうこ》からコーラのペットボトルを取《と》り出《だ》し、グラスに注《そそ》いで、はい、とシュウ君《くん》に手渡《てわた》す。

「停電中《ていでんちゅう》に冷蔵庫《れいぞうこ》、開《あ》けるなよ」

顔《かお》をしかめてたシュウ君《くん》も、まあしょうがないよな、なんてつぶやいて、ソファに腰掛《こしか》けて、コーラを口《くち》に運《はこ》ぶ。——あ、今《いま》ちょっと機嫌《きげん》、なおった。

あたし、ほっとしながら、つい笑《わら》ってしまった。

おかしいんだよね、シュウ君《くん》。コーラが大好《だいす》きなの。

なんでも、封印《ふういん》が解《と》けて、鬼《おに》の体《からだ》を取《と》り戻《もど》した翌日《よくじつ》、まずは久《ひさ》しぶりにお酒《さけ》を飲《の》もう、って、近《ちか》くのコンビニに買《か》いに行《い》ったんだって。お酒《さけ》が好《す》きだから酒呑童子《しゅてんどうじ》——って呼《よ》ばれてたくらいだから、昔《むかし》は毎日《まいにち》、飲《の》んでたらしくて。

だけど、高校生《こうこうせい》にしか見《み》えないシュウ君《くん》は、当然《とうぜん》、お酒《さけ》は売《う》ってもらえない。

「お前《まえ》にはこれで充分《じゅうぶん》だよ、悪《わる》ガキがいきがるんじゃない」

コンビニの店長《てんちょう》さんにお説教《せっきょう》されて、代《か》わりに渡《わた》されたのがコーラ。

むっとしながらも試《ため》しに飲《の》んでみたら、とんでもなくおいしくて、以来《いらい》、ハマっちゃったんだって。冷蔵庫《れいぞうこ》には必《かなら》ず、買《か》い置《お》きが何本《なんぼん》もある。

あたしも隣《となり》に座《すわ》ってコーラを飲《の》みつつ、一休《ひとやす》み。

いい機会《きかい》だから前《まえ》から気《き》になってたこと、きいてみることにした。

「そういえばさ、なんで鵺君《ぬえくん》のこと、クソ狐《ぎつね》っていうの？　鵺《ぬえ》ってホントは狐《きつね》なの？」

「なんだよ、今《いま》さら。あいつのもともとの名前《なまえ》は天《あま》つ狐《きつね》。天《てん》から来《き》た狐《きつね》って意味《いみ》だぜ」

「あまつ、きつね……？」

聞《き》いたことのない言葉《ことば》だった。

「狐《きつね》の妖怪《ようかい》は種類《しゅるい》が多《おお》くて、いいのも悪《わる》いのもいろいろいるだろ。お稲荷《いなり》の神様《かみさま》んとこの御先狐《おさきぎつね》とか、おれらと同《おな》じころに平安京《へいあんきょう》で大暴《おおあば》れした九尾《きゅうび》の狐《きつね》とかな。そのなかでも、あいつは特別《とくべつ》な、天《てん》の狐《きつね》なんだ。星守山《ほしもりやま》に流《なが》れ星《ぼし》が落《お》ちたとき、一緒《いっしょ》に地上《ちじょう》に落《お》ちてきたんだぜ。確《たし》か、おれが生《う》まれるよりも三百年《さんびゃくねん》くらい前《まえ》の話《はなし》だ」

その話《はなし》、確《たし》か、前《まえ》に権田《ごんだ》さんの奥《おく》さんにも聞《き》いた。鵺君《ぬえくん》が星守山《ほしもりやま》の伝説《でんせつ》のもとになった妖怪《ようかい》だったなんてびっくり。……ってことは、鵺君《ぬえくん》は宇宙人《うちゅうじん》？　いや、宇宙狐《うちゅうぎつね》？

「鵺《ぬえ》ってのは都《みやこ》の人間《にんげん》たちが勝手《かって》につけた呼《よ》び名《な》でさ。猿《さる》やら虎《とら》やらの合体《がったい》した妖怪《ようかい》みたいに言《い》われてたのも、実際《じっさい》のあいつが滅多《めった》に人間《にんげん》の前《まえ》に姿《すがた》を現《あらわ》さないもんで、怖《こわ》がって勝《かっ》手《て》に話《はなし》を作《つく》ったんだよ。だから、あいつ、鵺《ぬえ》って呼《よ》ばれんの、初《はじ》めは嫌《いや》がってたな」

「え、そうなの。じゃ、鵺君《ぬえくん》て呼《よ》ぶの、悪《わる》いよね。早《はや》くほかの名前《なまえ》、考《かんが》えなきゃ」

そんな大事《だいじ》なこと、もっと早《はや》く教《おし》えてよってあたしは慌《あわ》てたんだけど。

「今《いま》はもう気《き》にしてねえんじゃねえかな。呼《よ》ばれ始《はじ》めてから長《なが》いし、それに、あいつ、なんだかんだ言《い》っても人間《にんげん》のことは好《す》きでさ。どんだけ怖《こわ》がられても、精一杯《せいいっぱい》守《まも》ってやってたんだぜ、都《みやこ》の連中《れんちゅう》のこと。悪《わる》さ好《ず》きの厄介《やっかい》な妖怪《ようかい》が、あのころはたくさんいたから」

「悪《わる》さ好《ず》きの厄介《やっかい》な妖怪《ようかい》……」

思《おも》わずあたしは、じっとシュウ君《くん》を見《み》てしまった。

「いや、おれじゃねえよ。……そりゃちょっとは悪《わる》さはしたけどよ。でも、おれは、手下《てした》の鬼《おに》たちにも、自分《じぶん》より弱《よわ》い者《もの》をいじめるようなことは絶対《ぜったい》にするなって言《い》い聞《き》かせてた。あのころはさ。鬼《おに》よりもひどい妖怪《ようかい》がたくさんいたんだ。子供《こども》ばかり狙《ねら》って食《く》うヤツとか、人《ひと》の心《こころ》を操《あやつ》って争《あらそ》いを起《お》こさせるヤツとかさ。鵺《ぬえ》は、そういうヤツらから人間《にんげん》を守《まも》ろうとしてた。……もともとは、天《てん》の姫《ひめ》の最後《さいご》の頼《たの》みだったからって理由《りゆう》だったらしいけど」

「天《てん》の姫《ひめ》？　……ええと、そのひとも、シュウ君《くん》たちと同《おな》じ、妖怪《ようかい》の仲間《なかま》さん？」

知《し》らないひとのことが出《で》てきて、あたしは尋《たず》ねた。

「妖怪《ようかい》というか、あいつより少《すこ》し前《まえ》に、同《おな》じように天《てん》から落《お》ちてきた姫《ひめ》さんだ。似《に》た者《もの》どうしで気《き》があったらしいぜ。姫《ひめ》さんが地上《ちじょう》にいたころは、あいつ、ずっと側《そば》を離《はな》れなかったらしいし……ほら、今《いま》でも姫《ひめ》さんからもらった守《まも》り石《いし》、身《み》に着《つ》けてるだろ」

「あ、もしかして、あの青《あお》い石《いし》」

獣姿《けものすがた》の鵺君《ぬえくん》は、首《くび》に綺麗《きれい》な青《あお》い石《いし》を着《つ》けてる。人《ひと》の姿《すがた》をしているときもペンダントみたいに首《くび》に下《さ》げていて、ちょっと気《き》になってたんだ。

「そう、それ。姫《ひめ》さんが天《てん》に帰《かえ》るとき、あいつに残《のこ》していったらしい。この守《まも》り石《いし》には大《おお》きな力《ちから》があるから、都《みやこ》の帝《みかど》と町《まち》のひとたちを守《まも》ってほしい——って言《い》ってな。だから、あいつはどんなときだって片時《かたとき》も体《からだ》から離《はな》さず、必《かなら》ず身《み》に着《つ》けて——」

「……でも、今《いま》ここにあるよ」

あたし、テーブルの上《うえ》を指差《ゆびさ》した。サファイヤに似《に》た透《す》き通《とお》った青《あお》い石《いし》。

「何言《なにい》ってんだ、あいつはいつでも肌身離《はだみはな》さず……え」

言《い》いかけたシュウ君《くん》も、現物《げんぶつ》を見《み》て驚《おどろ》いたみたいだった。

「ホントだ。珍《めずら》しい……なんで、こんなとこに置《お》いてんだ？」

うん、あたしも話《はなし》の途中《とちゅう》で気《き》がついたんだ。さっきはなかったと思《おも》うんだけど……いつのまに置《お》いてったんだろ。

「忘《わす》れていっちゃったのかな。持《も》っていってあげようか」

そう思《おも》って、あたし、その守《まも》り石《いし》に手《て》を伸《の》ばす。裏《うら》の竈《かまど》のほうに行《い》ったっきりの鵺君《ぬえくん》のことが、気《き》にもなってたから。

——だけど。

「さわるな！」

鋭《するど》い声《こえ》とともに現《あらわ》れた影《かげ》が、あたしの指先《ゆびさき》をかすめて、守《まも》り石《いし》を取《と》っていく。

顔《かお》を確《たし》かめなくても声《こえ》でわかった。鵺君《ぬえくん》だ。ちょうど、戻《もど》ってきたんだ。

「おい、なんだよ、その言《い》い方《かた》。若菜《わかな》はお前《まえ》に届《とど》けてやろうとしただけだろ」

シュウ君《くん》がくってかかった。

また喧嘩《けんか》になるんじゃ……って焦《あせ》ったあたし、慌《あわ》てて割《わ》って入《はい》る。

「大丈夫《だいじょうぶ》だよ、シュウ君《くん》。……ごめん、鵺君《ぬえくん》、勝手《かって》にさわろうとしたあたしが悪《わる》かったんだ。大事《だいじ》なものなんでしょ」

「いや、おれも怒鳴《どな》って悪《わる》かった。火《ひ》をおこすのに、煤《すす》で汚《よご》れるんじゃないかと置《お》いていったんだが」

鵺君《ぬえくん》も、気《き》まずそうに謝《あやま》ってくれた。

「火《ひ》って……お前《まえ》、まさかホントに竈《かまど》に火《ひ》、おこしたのかよ」

「なんだ、お前《まえ》がやれって言《い》ったんだろう」

「いや、言《い》ってねえ……と思《おも》うぞ」

「うん。あたしに言《い》ったんだと思《おも》う」

ていうか、あれは売《う》り言葉《ことば》に買《か》い言葉《ことば》だったと思《おも》うけど……。

「そう、か……」

鵺君《ぬえくん》が言《い》い、妙《みょう》な沈黙《ちんもく》が流《なが》れたあと、くすっ……って笑《わら》ったのは、シュウ君《くん》だった。

「お前《まえ》、相変《あいか》わらず真面目《まじめ》だなあ。まあ、コーラでも飲《の》めよ」

半分《はんぶん》くらいに減《へ》ったペットボトルを、ボトルごと差《さ》し出《だ》す。

「いや、いい。それは口《くち》が痛《いた》い。茶《ちゃ》のほうがおいしい」

そうだった。鵺君《ぬえくん》は、炭酸《たんさん》がダメなんだった。

「なんだよ、つまんねえ狐《きつね》だなあ。茶《ちゃ》なんて古《ふる》くさいもん、どこがいいんだ」

「茶《ちゃ》は新《あたら》しい飲《の》み物《もの》だ。平安京《へいあんきょう》の時代《じだい》には飲《の》めなかった」

「え、そうなの？　大昔《おおむかし》からあるんだと思《おも》ってた」

「あったぞ、適当《てきとう》なこと言《い》うなよ、狐野郎《きつねやろう》。都《みやこ》の偉《えら》い連中《れんちゅう》は飲《の》んでただろ。ただ、めちゃくちゃ貴重《きちょう》だったから、おれたちみたいな妖怪《ようかい》の手《て》には入《はい》らなかっただけだ」

「一度《いちど》、飲《の》んでみたいと思《おも》っていたんだ、あのころは」

噛《か》みしめるみたいに鵺君《ぬえくん》が言《い》うもんだから、あたし、思《おも》わずソファから立《た》ち上《あ》がる。

せっかくだから、とびきりおいしいお茶《ちゃ》、いれてあげようって思《おも》ったんだ。おばあちゃんが日本茶《にほんちゃ》好《ず》きだったから、急須《きゅうす》でお茶《ちゃ》をいれるの、実《じつ》は得意《とくい》なんだよね。この町《まち》が銘茶《めいちゃ》で有名《ゆうめい》だって知《し》ったら、鵺君《ぬえくん》は驚《おどろ》くかな。

と、そのとき、ふいに歌声《うたごえ》が、リビングに響《ひび》いた。

――たとえ　空《そら》の彼方《かなた》に　君《きみ》が消《き》えても
必《かなら》ず再《ふたた》びめぐりあうよ　月《つき》が導《みちび》いてくれる

目《め》を向《む》ければ、テレビの画像《がぞう》が復活《ふっかつ》して、ネクストが歌《うた》ってる。

「よかった、停電《ていでん》、直《なお》ったんだ。もうキッチン使《つか》えるよ」

言《い》いながら、あたしの目《め》は画面《がめん》に釘付《くぎづ》け。この新曲《しんきょく》、作詞作曲《さくしさっきょく》がハヤテなんだよね。

「あたし、この歌大好《うただいす》き。『かぐや姫《ひめ》』の歌《うた》なんだ」

「かぐや、姫《ひめ》……？」

なんの気《き》なしにあたしが言《い》った言葉《ことば》を、鵺君《ぬえくん》が聞《き》きかえす。

「そうだよ。『かぐや姫《ひめ》』って、ネクスト主演《しゅえん》の映画《えいが》のタイトルで、あの有名《ゆうめい》な竹取物語《たけとりものがたり》のアレンジなんだ。月《つき》に帰《かえ》っちゃったかぐや姫《ひめ》が再《ふた》び地球《ちきゅう》に戻《もど》ってきて……って話《はなし》でね。このひととかぐや姫《ひめ》が恋《こい》に落《お》ちるの」

画面《がめん》の真《ま》ん中《なか》で歌《うた》うハヤテを指差《ゆびさ》しながら、あたしがそう言《い》った——その瞬間《しゅんかん》、

「かぐや、戻《もど》ってきたのか？」

「姫《ひめ》、帰《かえ》ってきたのかよ」

二人《ふたり》の声《こえ》が重《かさ》なる。

同時《どうじ》に、再《ふたた》び消《き》える、テレビ。

……ええと、鵺君《ぬえくん》がまたまたびっくりして停電《ていでん》させちゃった、ってこと、かな……？

でも、今度《こんど》はシュウ君《くん》、怒《おこ》りださない。

それどころか、鵺君《ぬえくん》と二人《ふたり》で、身《み》を乗《の》り出《だ》して、あたしに詰《つ》め寄《よ》って、声《こえ》をそろえて、

「どういうことだ？　かぐやは今《いま》、地上《ちじょう》にいるのか？」

「え、あの、なに、まさか、かぐや姫《ひめ》と二人《ふたり》、知《し》り合《あ》いだったり、するのかな……？」

いくら平安京《へいあんきょう》の妖怪《ようかい》だからってそれはないよね。……って思《おも》いながら聞《き》いたんだけど。

「さっき言《い》ったろ。天《てん》から来《き》た姫《ひめ》って。そいつの名前《なまえ》が、かぐやだ」

「かぐやはこの守《まも》り石《いし》の元《もと》の持《も》ち主《ぬし》だ。運命《うんめい》に逆《さか》らえず月《つき》に連《つ》れ戻《もど》されてしまったが……」

大真面目《おおまじめ》な顔《かお》で、二人《ふたり》ともうなずく。

あたしは唖然《あぜん》として、言葉《ことば》が出《で》ない。

なに、その、とんでもない話《はなし》。そもそも、かぐや姫《ひめ》って本当《ほんとう》にいたんだ……。

「あ、そうか、戻《もど》ってきたわけじゃねえよな。かぐやの物語《ものがたり》が映画《えいが》になるって話《はなし》だよな」

現代《げんだい》に詳《くわ》しいシュウ君《くん》のほうが、先《さき》に事情《じじょう》を飲《の》み込《こ》んでくれたみたい。

うん、そうだよってあたしがうなずくと、

「だよな。あーびっくりした」

そう言《い》って、鵺君《ぬえくん》に向《む》き直《なお》ると、事情《じじょう》をかみくだいて説明《せつめい》してくれた。

月《つき》に帰《かえ》ったかぐや姫《ひめ》の話《はなし》は、現代《げんだい》にも伝《つた》えられていること。映画《えいが》っていうのは、昔《むかし》でいうなら絵巻物語《えまきものがたり》みたいなもので、有名《ゆうめい》な話《はなし》を元《もと》ネタにして作《つく》ったりもすること。

鵺君《ぬえくん》は、強張《こわば》った顔《かお》のままで聞《き》いていたけど、

「……そうか。だったら、かぐやは月《つき》に帰《かえ》ったきりなんだな」

ぽつりとつぶやいたあと、なぜかあたしに目《め》を向《む》けて、顔《かお》を歪《ゆが》める。——まるで、泣《な》き

出《だ》す直前《ちょくぜん》みたいな、つらそうな顔《かお》。

それから、ふいっと背《せ》を向《む》けて、リビングを出《で》ていってしまった。

「あ、あの……」

どうしたらいいのか、あたしはおろおろしちゃったんだけど、シュウ君《くん》は冷静《れいせい》に言《い》った。

「ほっとけ。いろいろ驚《おどろ》いたんだろ」

「でも、なんだか鵺君《ぬえくん》、泣《な》きそうな顔《かお》だったよ……？」

「ん……まあ、そりゃな。あいつ、姫《ひめ》さんが月《つき》に帰《かえ》らなくてすむように、無謀《むぼう》を承知《しょうち》で月《つき》の使者《ししゃ》と戦《たたか》おうとまでしたらしいから。いくらあいつでも勝《か》てるわけねえのに」

「……そうだったの？　戦《たたか》ったのは帝《みかど》の軍勢《ぐんぜい》だって、絵本《えほん》には書《か》いてあったけど」

「帝《みかど》も大軍《たいぐん》を率《ひき》いて立《た》ち向《む》かったけどな。鵺《ぬえ》は軍勢《ぐんぜい》とは別《べっ》に、一人《ひとり》で戦《たたか》おうとしたらしい。姫《ひめ》さんと帝《みかど》が惚《ほ》れあっていたのを知《し》っていたから、姫《ひめ》さんを地上《ちじょう》に残《のこ》してやりたかったんだろ。……あいつ、ああ見《み》えて、かなりのお人好《ひとよ》しなんだよ」

シュウ君《くん》は肩《かた》をすくめた。

「そうだったんだ……」

絵本《えほん》のなかで、かぐや姫《ひめ》は月《つき》に帰《かえ》りたくないと泣《な》いていた。そのかぐや姫《ひめ》のために、鵺《ぬえ》君《くん》は戦《たたか》おうとしたんだね。……そういえば、鵺君《ぬえくん》は、封印《ふういん》が解《と》けたばかりのときだって、大暴《おおあば》れするシュウ君《くん》を止《と》めて、みんなを助《たす》けてくれた。優《やさ》しい妖怪《ようかい》なんだ。

「ねえ、どんなひとだったの、かぐや姫《ひめ》って。やっぱり、とっても綺麗《きれい》だった？」

「さあ、おれは会《あ》ったことねえから。おれが生《う》まれたのは、かぐやが月《つき》に帰《かえ》ったあとだ」

かぐや姫《ひめ》が地上《ちじょう》にいたのは平安京《へいあんきょう》よりもずっと前《まえ》だって、シュウ君《くん》は言《い》った。……って

ことは、確《たし》か、都《みやこ》はええと、奈良《なら》だったっけ。

「けど、平安京《へいあんきょう》のころでも、かぐやのことはみんなが知《し》ってた。美《うつく》しく、月《つき》の力《ちから》に守《まも》られた姫《ひめ》。帝《みかど》と恋《こい》に落《お》ちて、でも、引《ひ》き裂《さ》かれて月《つき》に帰《かえ》っていった悲《かな》しい姫《ひめ》。──実際《じっさい》に会《あ》ったことのあるヤツは、そのころでも、もう少《すく》なかったけど」

「そうか。……本物《ほんもの》のかぐや姫《ひめ》を知《し》っているのは、今《いま》じゃ、鵺君《ぬえくん》だけなんだね」

千年《せんねん》よりももっと昔《むかし》に、奈良《なら》の都《みやこ》に暮《く》らしていた美《うつく》しい月《つき》の姫《ひめ》と、天《てん》の狐《きつね》。思《おも》い浮《う》かべてみれば、それはとてもロマンチックで……ちょっと切《せつ》ない光景《こうけい》に思《おも》えた。

4

結局《けっきょく》、その晩《ばん》は電気《でんき》が復活《ふっかつ》しなくて、晩《ばん》ご飯《はん》に食《た》べられるものといえば、昼《ひる》の残《のこ》りのド

ーナツだけ。

「おれはいいから、お前《まえ》が食《く》え。妖怪《ようかい》ってのは、別《べつ》に毎日《まいにち》モノ食《く》わなくても平気《へいき》なんだよ。食《く》いたいときに食《く》えば。でも、人間《にんげん》は違《ちが》うだろ」

「……ありがと」

正直《しょうじき》なところ、おなかぺこぺこだったから、お言葉《ことば》に甘《あま》えて、あたしはドーナツを食《た》べさせてもらった。その間《あいだ》にシュウ君《くん》は庭《にわ》のお風呂《ふろ》も沸《わ》かしてくれて（例《れい》の、薪《まき》で沸《わ》かすやつ。さすが、屋敷神《やしきがみ》のシュウ君《くん》は手慣《てな》れてた）、引《ひ》っ越《こ》しの汗《あせ》を流《なが》してすっきり。

――ただ、そうしている間《あいだ》も、鵺君《ぬえくん》はまったく姿《すがた》を見《み》せなかった。

あたしはなんとなく気《き》になって、捜《さが》しに行《い》こうかって言《い》ったんだけど、

「ほっときゃいいんだよ。あいつは狐《きつね》だから、家《いえ》の中《なか》にいる必要《ひつよう》もねえし。そもそも、部《へ》屋《や》いらねえなんて言《い》い出《だ》すヤツだし」

シュウ君《くん》は鵺君《ぬえくん》を待《ま》たずに、家中《いえじゅう》の戸《と》締《じ》まりをしちゃった。

「お前《まえ》の部屋《へや》も、窓《まど》閉《し》めんの、絶対《ぜったい》に忘《わす》れんなよ。いいな。夜《よる》の間《あいだ》は、何《なに》があっても窓《まど》を開《あ》けるな。何《なに》があっても、だ」

やけにしつこく念《ねん》を押《お》すシュウ君《くん》に、わかったってうなずいて、あたしもおとなしく部《へ》

屋《や》に引《ひ》き上《あ》げて寝《ね》ることにした。電気《でんき》がつかないんじゃ、何《なに》もできないしね。

蝋燭《ろうそく》を吹《ふ》き消《け》してベッドに入《はい》ると、あたりは真《ま》っ暗《くら》――かと思《おも》いきや、ベッドのそばの窓《まど》の障子《しょうじ》から、月明《つきあ》かりが差《さ》し込《こ》んでくる。この前《まえ》、竹取屋敷《たけとりやしき》でお月様《つきさま》を見《み》たときは満月《まんげつ》だったけど、一週間《いっしゅうかん》たった今《いま》は、ちょうど半月《はんげつ》くらいになっていて、控《ひか》えめな月明《つきあ》かり。

初《はじ》めての部屋《へや》で初《はじ》めての夜《よる》で、緊張《きんちょう》して眠《ねむ》れないかも……って思《おも》っていたあたしは、その程《ほど》よい明《あ》かりのなかで、あっというまに、夢《ゆめ》のなか。朝《あさ》までぐっすり。

――だったらよかったんだけど。

ざわり……と、何《なに》かの気配《けはい》を感《かん》じたような気《き》がして、いったんは眠《ねむ》りにおちたあたしは、はっと目《め》をさました。部屋《へや》の中《なか》の明《あか》るさは変《か》わっていないから、お月様《つきさま》がほとんど動《うご》いていない――つまり、たいして時間《じかん》はたっていないみたい。

その障子《しょうじ》の向《む》こうで、何《なに》かが動《うご》いた。庭《にわ》に誰《だれ》か、いるみたい？

「……もしかして、鵺君《ぬえくん》？」

あたしは小声《こごえ》で呼《よ》びながら、身《み》を起《お》こした。

家《いえ》に入《はい》りたくて困《こま》ってるのかと思《おも》ったんだ。シュウ君《くん》が屋敷中《やしきじゅう》を戸締《とじ》まりしちゃったから、中《なか》に入《はい》れないんじゃないかな、って。

障子《しょうじ》を開《あ》け、ガラス戸《ど》も開《あ》けて、あたしは外《そと》を確《たし》かめようとした。

そこで、ふと手《て》を止《と》める。思《おも》い出《だ》したんだ。

——夜《よる》の間《あいだ》は、何《なに》があっても窓《まど》を開《あ》けるなよ。何《なに》があっても、だ。

やけに力《ちから》を込《こ》めて、シュウ君《くん》は言《い》ってた。……でも、ちょっと庭《にわ》をのぞくくらいなら、大丈夫《だいじょうぶ》だよね？　鵺君《ぬえくん》がいるのかどうか、確《たし》かめるだけ……。

そっと、ほんの十《じっ》センチだけ、ガラス窓《まど》を開《あ》けて、そっと庭《にわ》をのぞく。

「鵺君《ぬえくん》……そこにいるの？」

目《め》をこらすと、月明《つきあ》かりの下《した》、石灯籠《いしどうろう》の近《ちか》くでうごめいている、黒《くろ》い影《かげ》。鵺君《ぬえくん》じゃない……何《なに》か黒《くろ》くて、もっと小《ちい》さな……。

「え……えええええっ？」

あたしは思《おも》わず声《こえ》をあげていた。

だって、視線《しせん》の先《さき》には、何《なに》か獣《けもの》の群《む》れ。何十匹《なんじっぴき》いるのかわからない、手《て》のひらサイズの小《ちい》さな獣《けもの》——かと思《おも》ったら、獣《けもの》じゃ、ない。二本足《にほんあし》で立《た》ってて、頭《あたま》に角《つの》……これって、もしかして、小《ちい》さな鬼《おに》!?

小鬼《こおに》たちは、あたしの声《こえ》に気付《きづ》いて、いっせいにこっちを見《み》た。

——あ、**新《あたら》しい屋敷主様《やしきぬしさま》だ！**

はしゃいだ声《こえ》とともに、わらわらわらーっと駆《か》けてくる。

「やだやだ、来《こ》ないで」

慌《あわ》てて窓《まど》を閉《し》めようとしたけど、遅《おそ》かった。あと一《いっ》センチで窓《まど》が閉《し》まる——ってところで、ぐいと割《わ》り込《こ》んでくる、先頭《せんとう》の小鬼《こおに》のちっちゃな手《て》。

「やだ、こら、はさまっちゃうでしょ！」

——だったらいれてっ。

小鬼《こおに》はにこにこ笑《わら》いながら、かまわず部屋《へや》に入《はい》ろうとする。見《み》た目《め》はそれなりに、かわいくないわけじゃないけど……でも、どう見《み》たって妖怪《ようかい》だよ、怖《こわ》いよっ。

小鬼《こおに》は、小《ちい》さい体《からだ》なのにすごい力《ちから》で、窓《まど》がぐいぐい開《あ》けられていく。

ほかの子《こ》たちもガラスにはりついて、窓《まど》が開《あ》くのを待《ま》ってる。

「やだ……！」

あたしはパニックになって、窓《まど》から手《て》を放《はな》し、部屋《へや》の奥《おく》に逃《に》げようとした。

その瞬間《しゅんかん》、屋根《やね》の上《うえ》から、何《なに》かがふわりと地《ち》に降《お》りたった。

銀色《ぎんいろ》の毛《け》におおわれた、一頭《いっとう》の獣《けもの》。

「——鵺君《ぬえくん》！」

月明《つきあ》かりにたてがみを輝《かがや》かせ、ぎろりと小鬼《こおに》たちをにらんだ目《め》は、冴《さ》えた銀色《ぎんいろ》。窓《まど》にはりついていた小鬼《こおに》たちが、いっせいにびくっと身《み》をすくめる。

鵺君《ぬえくん》は、険《けわ》しい目《め》つきのままで窓《まど》に近《ちか》づくと、窓《まど》をこじ開《あ》けようとしていた小鬼《こおに》の足《あし》を、ぱくっとくわえた。そのまま、ぐいと首《くび》を振《ふ》り、ぽーんと遠《とお》くへ放《ほう》り投《な》げる。

小《ちい》さな影《かげ》は竹林《たけばやし》の奥《おく》のほうまで飛《と》んでいき、

——あー、兄貴《あにき》～。

——兄貴《あにき》が行《い》っちゃった～。

小鬼《こおに》たちはみんな、慌《あわ》てふためいて、その影《かげ》を追《お》いかけて走《はし》り出《だ》す。

あっというまに、小鬼《こおに》たちの気配《けはい》は、庭《にわ》から消《き》えた。

残《のこ》っていた鵺君《ぬえくん》も、部屋《へや》の中《なか》のあたしをちらっと振《ふ》り返《かえ》ったあと、ぷいと踵《きびす》を返《かえ》し、そのまま、竹林《たけばやし》のほうへ歩《ある》いていってしまう……。

あたしは慌《あわ》てて、窓《まど》を開《あ》けて叫《さけ》んだ。

「やだ、行《い》かないで。——お願《ねが》い」

鵺君《ぬえくん》が行《い》っちゃったら、また小鬼《こおに》たちが戻《もど》ってくるんじゃないかって怖《こわ》かった。悪《わる》い妖《よう》怪《かい》なのかどうかわからないけど、小《ちい》さくても鬼《おに》だし、やっぱり怖《こわ》い。

鵺君《ぬえくん》は足《あし》を止《と》め、振《ふ》り向《む》いて一瞬《いっしゅん》、困《こま》ったように顔《かお》をしかめたけど……そのまま引《ひ》き返《かえ》してきてくれた。地《ち》を蹴《け》って、ふわっと飛《と》んで、窓《まど》から部屋《へや》の中《なか》に入《はい》ってくる。

パニックがおさまっていなかったあたしは、つい勢《いきお》いで、そのもふもふした体《からだ》に飛《と》びついてしまった。

「こ、怖《こわ》かった……」

鵺君《ぬえくん》は、しがみつくあたしを嫌《いや》がったり振《ふ》り払《はら》ったりはしないで、そのままじっとしていてくれた。ふわふわな毛《け》が気持《きも》ちいい……。

「……お前《まえ》は不思議《ふしぎ》な娘《むすめ》だな。大《おお》きな力《ちから》を持《も》っていながら、あんな小鬼《こおに》が怖《こわ》いとは。その黒《くろ》い石《いし》をつかえば、小鬼《こおに》くらい、追《お》い払《はら》えるだろうに」

獣姿《けものすがた》だからか、いつもより少《すこ》しだけ低《ひく》い声《こえ》が、耳元《みみもと》で聞《き》こえる。

「力《ちから》なんてないよ、あたし。普通《ふつう》の人間《にんげん》だよ。知《し》らない妖怪《ようかい》は怖《こわ》いよ。……石《いし》だって、大《だい》事《じ》なものだけど、特別《とくべつ》な力《ちから》があるなんて、聞《き》いたことないよ」

ねんのため、電話《でんわ》でパパとママに聞《き》いてもみたけど、何《なに》も知《し》らないみたいだった。

「そうか。……まあ、そう怖《こわ》がるな。あの小鬼《こおに》は害《がい》をなす妖怪《ようかい》じゃない。星守山《ほしもりやま》に昔《むかし》からいる連中《れんちゅう》だ。ただ、夜中騒《よなかさわ》ぐし、相手《あいて》をすると疲《つか》れる。中《なか》には、いれないほうがいい」

「……うん、わかった。助《たす》けてくれて、ありがとう。……でも、昔《むかし》からって言《い》っても、前《まえ》に泊《と》まったときにはいなかったような……」

「数日前《すうじつまえ》から、いきなり現《あらわ》れるようになったんだよ」

今度《こんど》は後《うし》ろから声《こえ》がした。

慌《あわ》てて振《ふ》り返《かえ》ると、部屋《へや》の襖《ふすま》が開《あ》いていて、シュウ君《くん》が立《た》っていた。

「シュウ君《くん》、いつのまに」

「あれだけ騒《さわ》げば聞《き》こえるに決《き》まってるだろ。……ったく、ちゃんと言《い》っといたのに、窓《まど》開《あ》けたのかよ」

「……ごめん。でも」

言《い》いかけて、あたしは口《くち》をつぐんだ。鵺君《ぬえくん》がいるかと思《おも》ったから——なんて言《い》ったら、シュウ君《くん》の言《い》いつけを破《やぶ》ったのを、鵺君《ぬえくん》のせいにするみたいだ。

でも、シュウ君《くん》はお見通《みとお》しだった。

「どうせ、鵺《ぬえ》だと思《おも》ったんだろ。狐野郎《きつねやろう》なんか、外《そと》にいさせときゃいいんだよ。そのほうが見《み》はりにもなる。どうせ、もともとそのつもりだったんだろうし」

「え、見《み》はり、って……」

どういうこと？　何《なに》を見《み》はってたの？

鵺君《ぬえくん》の顔《かお》を見返《みかえ》すと、さりげなく目《め》をそらされてしまう。

話《はな》しを続《つづ》けたのは、シュウ君《くん》だった。窓辺《まどべ》に歩《あゆ》み寄《よ》り、小鬼《こおに》が消《き》えた竹林《たけばやし》を見《み》ながら、

「おれはずっとこの屋敷《やしき》で暮《く》らしてたけど、あんな小鬼《こおに》たちの姿《すがた》、もう何百年《なんびゃくねん》も見《み》てなかった。かつて星守山《ほしもりやま》に大勢《おおぜい》いた妖怪《ようかい》たちはみんな、時代《じだい》の変化《へんか》についていけなくて、消《き》えたり眠《ねむ》りについたりしちまったからな。……なのに、この数日《すうじつ》、山全体《やまぜんたい》が騒《さわ》がしい。妖怪《ようかい》の気配《けはい》がするんだ。小鬼《こおに》だけじゃない、もっといろんな気配《けはい》だ。まるで、平安京《へいあんきょう》のころに戻《もど》ったみたいに、妖気《ようき》がうずまきはじめてる」

「そんな……いったい、どうして……」

「わからねえ。……もしかしたら、おれたちがよみがえったことが、何《なに》か関係《かんけい》あるのかもしれねえとは思《おも》ってるんだが、そもそも、おれたちの復活自体《ふっかつじたい》、理由《りゆう》、よくわかんねえしなあ。鵺《ぬえ》の封印《ふういん》を解《と》いたのが本当《ほんとう》にお前《まえ》の石《いし》だとしても、その正体《しょうたい》が謎《なぞ》なんじゃな。……っていうか、石《いし》だけじゃなくて、若菜自身《わかなじしん》も謎《なぞ》なんだよな。お前《まえ》、おれが復活《ふっかつ》する前《まえ》、ただの屋敷神《やしきがみ》だったときにも、姿《すがた》が見《み》えてただろ。普通《ふつう》の人間《にんげん》には、ありえねえんだぞ」

……言《い》われてみれば、確《たし》かにそうだ。シュウ君《くん》が鬼《おに》の体《からだ》を取《と》り戻《もど》す前《まえ》から、あたしだけはシュウ君《くん》が見《み》えたし、話《はなし》もできたんだ。なんで、なんだろ……。

「……でも、ホントにあたし、普通《ふつう》の女《おんな》の子《こ》なんだってば。謎《なぞ》だって言《い》われても困《こま》るよ」

「だよなあ。わかんねえもんはわかんねえよなあ。……ま、おれは、お前《まえ》がこの屋敷《やしき》に住《す》んでくれりゃ、何者《なにもの》でもいいよ。気《き》にしてもしかたねえし」

あっけらかんと、シュウ君《くん》は言《い》う。しかたないって言葉《ことば》に、なんだか、ちょっとほっとした。そうだよね。しかたないよね。それに、今《いま》はもっと気《き》になること、あるし。

「妖怪《ようかい》がよみがえってきて、山《やま》の中《なか》に気配《けはい》があるから、屋敷《やしき》の見《み》はりをするために、鵺君《ぬえくん》は外《そと》にいてくれたんだ……」

「外《そと》のほうが過《す》ごしやすいのは本当《ほんとう》だ。おれは獣《けもの》だからな」

口《くち》ではそう言《い》う鵺君《ぬえくん》だけど、騒《さわ》ぎを聞《き》きつけてすぐに小鬼《こおに》たちを追《お》い払《はら》いに来《き》てくれたんだから、気《き》にかけてくれてたのは間違《まちが》いないと思《おも》う。やっぱり優《やさ》しいんだ、鵺君《ぬえくん》。

「警戒《けいかい》するにこしたことはねえんだ。小鬼《こおに》くらいならいいけど、もっと大物《おおもの》の妖怪《ようかい》だって、やってこねえとは限《かぎ》らねえから」

シュウ君《くん》が真顔《まがお》で言《い》った。

「なに、それ。大物《おおもの》の妖怪《ようかい》って……」

「……ああ、そんなに怖《こわ》がんなって。これでもおれは、平安京最強《へいあんきょうさいきょう》の鬼《おに》と言《い》われた酒呑童子《しゅてんどう じ》だぜ。どんな妖怪《ようかい》が出《で》てきたって、負《ま》けることはねえよ。大切《たいせつ》な屋敷主様《やしきぬしさま》は、おれが守《まも》ってやる。それも約定《やくじょう》のうちだからな」

青《あお》ざめたあたしを見《み》て、シュウ君《くん》は自信満々《じしんまんまん》で言《い》い切《き》り、鵺君《ぬえくん》も横《よこ》から言《い》ってくれた。

「おれもいる。人《ひと》の子《こ》は守《まも》る。それが、かぐやとの約束《やくそく》だ」

「……うん、わかった。ありがと」

あたしはうなずいた。

不安《ふあん》がなくなったわけじゃない。でも、二人《ふたり》があたしを守《まも》ろうとしてくれていることは、信《しん》じられる。だから、大丈夫《だいじょうぶ》。——あたしは心《こころ》のなかで、そう自分《じぶん》に言《い》い聞《き》かせた。

第三話《だいさんわ》　浦島太郎《うらしまたろう》が落《お》ちてきた！

1

翌朝《よくあさ》、なじんだベッドの上《うえ》で目覚《めざ》めたあたしは、見慣《みな》れない木目《もくめ》の天井《てんじょう》に驚《おどろ》いた。

（……そっか。引《ひ》っ越《こ》したんだった、あたし。竹取屋敷《たけとりやしき》に）

昨夜《ゆうべ》は、夜更《よふ》けに大騒《おおさわ》ぎをしたけれど、そのあとはもう怖《こわ》いことも起《お》こらず、ぐっすりと朝《あさ》まで眠《ねむ》ることができた。……というのも、一人《ひとり》になるのを怖《こわ》がるあたしを見《み》かねて、獣姿《けものすがた》の鵺君《ぬえくん》が、眠《ねむ》るまでそばにいてくれたから。ふわふわの毛《け》に顔《かお》をうずめていたら、とっても安心《あんしん》できたんだ。

……で、その鵺君《ぬえくん》は、今《いま》……。

「――え？　えええぇ？」

あたしの隣《となり》――同《おな》じベッドの上《うえ》に、もぞもぞ動《うご》く、人《ひと》の姿《すがた》。

銀《ぎん》の長髪《ちょうはつ》。雪《ゆき》みたいに白《しろ》い肌《はだ》の、整《ととの》った顔《かお》だち。同《おな》じく白《しろ》い着物《きもの》。ほっそりとした指先《ゆびさき》。

頭《あたま》のうえに狐耳《きつねみみ》。……うそ、あたし、もふもふの獣《けもの》と一緒《いっしょ》だったはずなのに……。

固《かた》まってるあたしの前《まえ》で、人形《ひとがた》に変《か》わっていた鵺君《ぬえくん》が、ぱちりと目《め》を開《あ》けた。

「――かぐや？」

あたしを見《み》て、寝《ね》ぼけ眼《まなこ》でつぶやく。

「え……？」

「かぐや、戻《もど》ってきたのか！」

えええええ、なんで寝起《ねお》きで迫《せま》ってくるの、ちょっと待《ま》ってて っ。

「ち、違《ちが》うよ。かぐやじゃないって、鵺君《ぬえくん》、若菜《わかな》だってばっ！」

必死《ひっし》で体《からだ》を押《お》し返《かえ》すと、鵺君《ぬえくん》は我《われ》に返《かえ》り、あたし以上《いじょう》にうろたえた顔《かお》になる。

「あ――ああ、若菜《わかな》……か。す、すまん……そっくりだから、つい……」

「ど、どうやら、寝《ね》ているうちに人形《ひとがた》に変《か》わっていたようだ。まだ妖力《ようりょく》が不安定《ふあんてい》なんだ。い、いつもなら、こんなことはないんだが……すまんっ、本当《ほんとう》に……」

早口《はやくち》で告《つ》げ、慌《あわ》ててベッドから降《お》り、そのまま、ばたばたと部屋《へや》から出《で》ていった。

……ええと。

これ、普通《ふつう》、あたしがおろおろして、慌《あわ》てふためく場面《ばめん》だと思《おも》うんだけど。相手《あいて》のほうがうろたえていると、ちょっと冷静《れいせい》になっちゃうっていうか、落《お》ち着《つ》いてくるというか。

いや、そんなことより。鵺君《ぬえくん》、今《いま》、とんでもないことを、さらっと言《い》ったような。

「そっくりって……あたしと、かぐや姫《ひめ》が？」

嘘《うそ》でしょ。だって、かぐや姫《ひめ》って、絶世《ぜっせい》の美女《びじょ》のはずだし。

――だけど、思《おも》い返《かえ》してみれば、初《はじ》めてあたしを見《み》たときも、鵺君《ぬえくん》は誰《だれ》かの名前《なまえ》を呼《よ》んでいた。かぐやって……言《い》ったのかもしれない。……聞《き》き間違《まちが》え、かな。いくらなんでも、かぐや姫《ひめ》とあたしが似《に》てるなんてありえないし……。

……なんて、あれこれ考《かんが》えながら、ふと時計《とけい》を見《み》ると、まずい、時間《じかん》がない！

慌《あわ》てて制服《せいふく》に着替《きが》えて、顔《かお》を洗《あら》って、髪《かみ》もとかして、リビングへ。

そこでまた、あたしは驚《おどろ》いて固《かた》まった。

リビングに入《はい》ったとたん、漂《ただよ》ってくる、いい匂《にお》い。

ダイニングテーブルの上《うえ》には、すでに朝《あさ》ご飯《はん》が並《なら》んでる。炊《た》きたてのご飯《はん》と、わかめのお味噌汁《みそしる》。ふんわり卵焼《たまごや》きに、焼《や》き魚《ざかな》。和風《わふう》サラダ。まるで、旅館《りょかん》の朝食《ちょうしょく》みたい。

「よう若菜《わかな》、おはよう。飯《めし》、できてるぜ」

キッチンから声《こえ》をかけてくるのは、エプロン姿《すがた》のシュウ君《くん》。

「……あの、これ、全部《ぜんぶ》、シュウ君《くん》が作《つく》ったの？」

目《め》をぱちくりさせながら聞《き》いたら、当《あ》たり前《まえ》だろって、シュウ君《くん》はうなずいた。

「初《はじ》めての料理《りょうり》だから、ちょっと時間《じかん》かかっちまったけどな」

「……すごい。これで初料理《はつりょうり》だなんて、信《しん》じられない！」

しかも、見《み》かけだけじゃなくて、食《た》べてみたら、味《あじ》もおいしい！

こんな手料理《てりょうり》が毎日《まいにち》、食《た》べられるなら、このままずっと竹取屋敷《たけとりやしき》の主《あるじ》をやってもいいかも——なんて、うっかり思《おも》ってしまいそうなくらい、おいしいよー。

……あれ、でも。一人分《ひとりぶん》しか、ない……？

「ね、シュウ君《くん》は食《た》べないの？　あとで鵺君《ぬえくん》と一緒《いっしょ》に食《た》べるとか？」

「は？　おれらは食《く》わねえよ。これはお前《まえ》のための飯《めし》だから」

「え？」

「おれらは別《べつ》に人間《にんげん》と同《おな》じ飯《めし》、食《く》わなくたって暮《く》らしていける。昨日《きのう》、そう言《い》っただろ」

「……聞《き》いた、けど……」

「なんだ、何《なに》か不満《ふまん》か？　大丈夫《だいじょうぶ》だぜ。屋敷主《やしきぬし》のお前《まえ》に、飯《めし》の心配《しんぱい》はさせねえから。屋敷《やしき》主様《ぬしさま》には、元気《げんき》で長生《ながい》きしてもらわねえと困《こま》るからなあ。リクエストがあったらなんでも言《い》え。晩飯《ばんめし》は、何《なに》が食《た》べたい？」

「え、ええと……なんでも、いいよ」

とっさに思《おも》いつかなくて、そう答《こた》えると、シュウ君《くん》はちょっとつまらなそうな顔《かお》はしたけど、すぐにニッと笑《わら》った。

「わかった。晩飯《ばんめし》も腕《うで》を振《ふ》るうから、楽《たの》しみにしてろ」

「うん。ありがと」

すごく楽《たの》しみって、あたしはうなずいた。

でも、同時《どうじ》に、気《き》になった。

その晩《ばん》ご飯《はん》も、あたしは一人《ひとり》で食《た》べるの？

もしかして、これからずっと、あたしは一人《ひとり》でご飯《はん》を食《た》べるの？

昨日《きのう》、リビングのテーブルの話《はなし》をしたとき、シュウ君《くん》も鵺君《ぬえくん》も乗《の》ってきてくれなかったけど、一緒《いっしょ》にご飯《はん》を食《た》べるつもりが、なかったからだったの……？

2

朝《あさ》からいろいろあったせいか、学校《がっこう》に着《つ》くころには、遅刻寸前《ちこくすんぜん》。

慌《あわ》てて教室《きょうしつ》に飛《と》び込《こ》んだら、運《うん》よく、先生《せんせい》はまだ来《き》てなかった。ぎりぎり、セーフ。

「あ、若菜《わかな》、来《き》た！」

小学校時代《しょうがっこうじだい》の仲良《なかよ》し柏木《かしわぎ》ナナが、あたしを指差《ゆびさ》して、やけに驚《おどろ》いたような声《こえ》をあげた。

ナナとは、五年生《ごねんせい》から二年間《にねんかん》、同《おな》じピアノ教室《きょうしつ》に通《かよ》っていた仲《なか》。転校生《てんこうせい》だったあたしは、すぐにはクラスになじめなかったから、習《なら》いごとで出会《であ》ったナナは貴重《きちょう》な友達《ともだち》なんだ。

「よかった、若菜《わかな》。まさか、若菜《わかな》まで呪《のろ》いにかかっちゃったかと思《おも》ったよー」

駆《か》け寄《よ》ってきたナナは、大袈裟《おおげさ》な科白《せりふ》とともにあたしに抱《だ》きつく。

「ちょ、ちょっと、なに、いきなり」

「若菜《わかな》が呪《のろ》われて、白髪《しらが》のおばあさんになっちゃったらさ。もう一緒《いっしょ》に買《か》い物《もの》も行《い》けないし、中村亭《なかむらてい》の抹茶《まっちゃ》パフェに並《なら》んだりもできないじゃない。あああよかったー」

「なに。なんなの、いったい」

ナナの言《い》ってる意味《いみ》がわかんない。呪《のろ》われる？　おばあさんになるって……なに？

「……って、まさか若菜《わかな》、呪《のろ》いのこと知《し》らないの？　昨日《きのう》から、あんだけ噂《うわさ》になってるのに。誰《だれ》からも聞《き》いてないの？」

う。友達《ともだち》、ナナのほかにいないんだよ、そんなにハッキリ言《い》わないでほしい……。

「この学校《がっこう》に、呪《のろ》いがかかっちゃったんだよ。昨日《きのう》の夜《よる》、仕事《しごと》で学校《がっこう》に残《のこ》ってた先生《せんせい》たちが、みんなそろって……呪《のろ》われちゃったんだ」

ナナの話《はなし》によると、昨日《きのう》の日曜日《にちようび》、そろそろ運動部《うんどうぶ》の地方大会《ちほうたいかい》も近《ちか》いから、全校《ぜんこう》の先生《せんせい》の半分《はんぶん》くらいが学校《がっこう》に来《き》ていて、夕方《ゆうがた》には職員室《しょくいんしつ》にいたんだって。

「そしたら、いきなり、どこからか、白《しろ》い煙《けむり》がもくもくーっとわいて出《で》てきて、あっというまに学校《がっこう》を飲《の》み込《こ》んじゃってね。先生《せんせい》たちも火事《かじ》だ……って騒《さわ》いだらしいんだけど」

煙自体《けむりじたい》は、ほんの一瞬《いっしゅん》で消《き》えてしまって、火事《かじ》も起《お》こってはいなかった。

「ただ、その煙《けむり》が消《き》えたあと、先生《せんせい》たちがお互《たが》いの顔《かお》を見《み》たら……なんと、その場《ば》にいた先生《せんせい》たち、みんな、白髪《しらが》のおじいさん、おばあさんになっちゃってたんだって。信《しん》じられる？　宮《みや》じぃとか高木先生《たかぎせんせい》とかだけじゃないよ。安藤《あんどう》ちゃんもだって」

宮《みや》じぃってのはもともと白髪《しらが》の教頭先生《きょうとうせんせい》で、高木先生《たかぎせんせい》は四十過《よんじゅうす》ぎのベテランの家庭科《かていか》の先生《せんせい》。安藤《あんどう》ちゃんはあたしたちの担任《たんにん》の先生《せんせい》で、柔道《じゅうどう》で国体《こくたい》に出《で》たことあるっていうたくましい体育会系姉御《たいいくかいけいあねご》だけど、歳《とし》はまだ二十五《にじゅうご》のはず。

──全員《ぜんいん》、おじいさん、おばあさんに？　嘘《うそ》でしょ、そんなの。

「信《しん》じられないよね。でも、ホントらしいんだ。その証拠《しょうこ》に、今日《きょう》と明日《あした》、臨時《りんじ》の学校閉《がっこうへい》鎖《さ》でお休《やす》みだって。さっき全校放送《ぜんこうほうそう》あったよ。……しかもね。それだけじゃないんだ」

ナナが声《こえ》をひそめて、内緒話《ないしょばなし》するみたいにあたしに顔《かお》を近《ちか》づける。

「昨日《きのう》からネクストが町《まち》に来《き》てるでしょ、メンバーの一人《ひとり》が公園《こうえん》を散歩《さんぽ》していて、呪《のろ》いの煙《けむり》の犠牲《ぎせい》になったって噂《うわさ》があるんだ。見《み》たひとがいるらしいの。実際《じっさい》、メンバーの誰《だれ》かが夕方《ゆうがた》からホテルに戻《もど》ってないらしくて、マネージャーが捜《さが》し回《まわ》ってるって噂《うわさ》だよ」

「え、でも、あたし、昨日《きのう》の夕方《ゆうがた》、テレビで見《み》たよ。歌《うた》ってたよネクスト」

「あれ、生放送《なまほうそう》じゃなくて録画《ろくが》だよ。生放送《なまほうそう》で出《で》るはずだった夜《よる》の番組《ばんぐみ》には、急病《きゅうびょう》ってことで出《で》てなかった。ホントだったら大《だい》ショックだよ、コンサートだって中止《ちゅうし》だよね、きっと。あたし、チケットとれたのに！」

ナナは天井《てんじょう》を仰《あお》いで悔《くや》しがってる。

半信半疑《はんしんはんぎ》で教室内《きょうしつない》を見回《みまわ》したら、クラスのみんなも、不安《ふあん》そうな顔《かお》でざわついてた……。

噂《うわさ》の真偽《しんぎ》はともかくとして、学校閉鎖《がっこうへいさ》が決《き》まった以上《いじょう》、家《いえ》に帰《かえ》るしかない。

さっき下《お》りたばっかりの星守山《ほしもりやま》の山道《やまみち》を、あたしはまた上《のぼ》って引《ひ》き返《かえ》した。

煙《けむり》の呪《のろ》いの話《はなし》、本当《ほんとう》なのかな。呪《のろ》いなんていうくらいだから、妖怪《ようかい》のシュウ君《くん》たちなら、何《なに》か事情《じじょう》がわかるかな。……なんて、あれこれ考《かんが》えながら歩《ある》いていたら、坂《さか》の上《うえ》から人《ひと》の声《こえ》が聞《き》こえてきた。

「ハヤテを見《み》かけたなんて大嘘《おおうそ》じゃない、バッカみたい」

「ホント、ホント。こんなど田舎《いなか》の山《やま》、ハヤテが来《く》るはずないよねえ」

文句《もんく》を言《い》いながら、山道《やまみち》を下《お》りてくる女《おんな》の子《こ》たち。きらっきらにお化粧《けしょう》して、カバンには、ネクストの缶《かん》バッジがじゃらじゃら。

どうやら、ネクストのファンみたいだった。それも、いわゆる熱心《ねっしん》な「おっかけ」っていうひとたち。うー、あんまり、好《す》きになれないな。

しかも、その子《こ》たちは、飲《の》み終《お》わったペットボトルを山道《やまみち》に投《な》げ捨《す》てた。

ダメだよ——って、あたしが言《い》いかけたところで、

「おい、君《きみ》たち。落《お》とし物《もの》だ」

男《おとこ》の人《ひと》の声《こえ》がした。女《おんな》の子《こ》たちの後《うし》ろから、よたよた追《お》いかけてきたおじいさんが、ポイ捨《す》てされたペットボトルを拾《ひろ》って、もとの持《も》ち主《ぬし》に差《さ》し出《だ》す。

「えーそれ、捨《す》てたんですけど」

「なに、このじいさん」

女《おんな》の子《こ》たちは、受《う》け取《と》らないどころか、おじいさんのこと、乱暴《らんぼう》に突《つ》き飛《と》ばした。バランスを崩《くず》したおじいさんが倒《たお》れても、笑《わら》ってそのまま行《い》こうとするから、あたしはさらに頭《あたま》に来《き》ちゃって。

「ちょっと、何《なに》するの」

つい大声《おおごえ》出《だ》しちゃったんだけど。

「はあ、なにあんた」

「ど田舎《いなか》の子《こ》ってマジメー」

きゃははって笑《わら》って、走《はし》って逃《に》げちゃう。

追《お》いかけてって言《い》い返《かえ》したいくらい、腹《はら》は立《た》ったけど、倒《たお》れたままのおじいさんのことが気《き》になって、あたしはそっちに駆《か》け寄《よ》った。

「大丈夫《だいじょうぶ》ですか」

「ああ、すまない。足下《あしもと》がどうにも、弱《よわ》くなって……」

おじいさんはつらそうに足《あし》をさすってる。その手《て》も、倒《たお》れたときにすりむいたみたいで、血《ち》が出《で》ていた。

「あの、あたしの家《いえ》、すぐそこなんです。よかったら、手当《てあ》てさせてください」

「いや、そんな迷惑《めいわく》はかけられないよ」

「いえ、迷惑《めいわく》なんかじゃないです。それに……あたし、さっきの子《こ》たちと同《おな》じネクストのファンなんですけど、ファンがみんなあんな風《ふう》だって思《おも》ってほしくないんです」

思《おも》わず力《ちから》を込《こ》めて言《い》うと、おじいさんは、なんだかびっくりしたみたいに目《め》を見《み》はる。

あれ、どこかで見《み》たことある顔《かお》……？

でも、あたし、この近所《きんじょ》のおじいさんに知《し》り合《あ》いはいないはず。

おじいさんはちょっと嬉《うれ》しそうに笑《わら》って言《い》った。

「あなたみたいなファンがいると知《し》ったら……ネクストのメンバーも嬉《うれ》しいよ、きっと」

3

おじいさんを連《つ》れて竹取屋敷《たけとりやしき》に戻《もど》ると、玄関《げんかん》の鍵《かぎ》は開《あ》けっ放《ぱな》し。

「ただいまー」

返事《へんじ》はない。

このお屋敷《やしき》、広《ひろ》いから、奥《おく》にいると玄関《げんかん》の物音《ものおと》は聞《き》こえないんだよね。ちょっと不用心《ぶようじん》。

まずはおじいさんを洗面所《せんめんじょ》に案内《あんない》して、傷口《きずぐち》を水《みず》で洗《あら》ってもらい、その間《あいだ》に先《さき》に一人《ひとり》でリビングに入《はい》る。中《なか》には鵺君《ぬえくん》がいた。入《い》り口《ぐち》に背《せ》を向《む》けて立《た》っている。

人形《ひとがた》の鵺君《ぬえくん》を見《み》ると、どうしても、今朝《けさ》、同《おな》じベッドに寝《ね》てたことを思《おも》い出《だ》して、ドキドキしちゃう――んだけど、今《いま》は、そんなこと気《き》にしてる場合《ばあい》じゃない。おじいさんに耳《みみ》付《つ》き尻尾《しっぽ》付きの姿《すがた》を見《み》られちゃ困《こま》るから、隠《かく》れててくれるように、頼《たの》まなくちゃ。

真剣《しんけん》な顔《かお》で立《た》っている鵺君《ぬえくん》の、目《め》の前《まえ》にはテレビ。何《なに》も映《うつ》ってない黒《くろ》い画面《がめん》。

「……あの、ね。鵺君《ぬえくん》、何《なに》してるのかな？」

近《ちか》づいて声《こえ》をかけると、

「か、かぐや……じゃなくて、若菜《わかな》」

びくっとして振《ふ》り向《む》いた鵺君《ぬえくん》は、また間違《まちが》えた。こんなに何度《なんど》も続《つづ》くってことは、似《に》てるってやっぱりホントなのかな……信《しん》じられないけど。

「あ、ああ、ちょうどよかった。若菜《わかな》に頼《たの》みたいことがあってな」

鵺君《ぬえくん》は、焦《あせ》っているのをごまかすみたいに、早口《はやくち》で言《い》った。

「あたしに？」

ああ……って口《くち》ごもる鵺君《ぬえくん》の背中《せなか》で、落《お》ち着《つ》きなく尻尾《しっぽ》がゆらゆらしている。

「あの歌《うた》を、もう一度《いちど》聞《き》きたいと思《おも》ったんだが。この箱《はこ》を使《つか》って昨日《きのう》、聞《き》いた……」

「歌《うた》って、あ、もしかして、ネクストの新曲《しんきょく》？　かぐや姫《ひめ》の？」

「……ああ」

照《て》れたように目《め》をそらしながらだけど、鵺君《ぬえくん》はうなずいた。

「ちゃんと聞《き》いてみたい。でも、この箱《はこ》をどうやって動《うご》かすのかわからなくて……」

「そうだったんだ。——でも、ごめん。昨日《きのう》のは録画《ろくが》してないから、もう見《み》られないんだ。代《か》わりに、ちょっと待《ま》ってて」

あたし、リビングの棚《たな》から、タブレットを取《と》り出《だ》す。誕生日《たんじょうび》にパパに買《か》ってもらったタブレットには、ネクストの歌《うた》、全部《ぜんぶ》ダウンロードしてる。もちろん、新曲《しんきょく》もばっちり。

ハヤテの声《こえ》が流《なが》れ出《だ》すと、鵺君《ぬえくん》は目《め》を細《ほそ》めて、うなずいた。

「ああ、これだ。……いい歌《うた》だな。かぐやを思《おも》い出《だ》す」

いいな、って何度《なんど》もつぶやく。

そのままタブレットを貸《か》してあげて、ちょっと別《べつ》の部屋《へや》に移《うつ》っててもらおう——って、初《はじ》めは思《おも》ってたんだけど。ホンモノのかぐや姫《ひめ》を知《し》ってる鵺君《ぬえくん》が、ハヤテの作《つく》った、かぐや姫《ひめ》の歌《うた》を気《き》にいってくれているってことに、あたしはなんだか感動《かんどう》しちゃって。

「あたしもこの歌《うた》、大好《だいす》きなんだ。ネクストはアイドルだけど、見《み》た目《め》だけじゃなくて、歌《うた》が本当《ほんとう》にいいんだよ。特《とく》に、ハヤテの書《か》く歌詞《かし》が、あたしはすごく好《す》き。それに、ハヤテは声《こえ》も優《やさ》しくて、あったかくて、でも男《おとこ》らしいし、癖《くせ》のある歌《うた》い方《かた》だって言《い》うひともいるけど、そこがたまらないし、歌《うた》ってるときの表情《ひょうじょう》も……」

つい、熱《ねつ》を入《い》れて語《かた》っちゃったあたしは、そこで、はっとなった。鵺君《ぬえくん》がやけにじいっとあたしを見《み》ている。もしかして、語《かた》りすぎて、どん引《び》きされた……？

「そうか。若菜《わかな》はそのハヤテという男《おとこ》が好《す》きなんだな。嫁入《よめい》りはもう決《き》まっているのか？」

「——は？」

何《なに》を言《い》われたのか、一瞬《いっしゅん》、わかんなかった。だって……、

「よ、嫁入《よめい》りって、違《ちが》うよっ。アイドルだよハヤテは。嫁入《よめい》りなんて、ありえないよっ」

「ありえない？　どうしてだ？　若菜《わかな》は惚《ほ》れているのだろう？　相手《あいて》のこともよく知《し》っているようだし」

「そ、それはそうだけど……」

ええと、昔《むかし》のお姫《ひめ》さまって、男《おとこ》のひとを紹介《しょうかい》されるイコール嫁入《よめい》り……みたいな感《かん》じなんだっけ。鵺君《ぬえくん》て、その感覚《かんかく》なのかな、もしかして。

「もしや、身分違《みぶんちが》いの相手《あいて》なのか？　まわりに反対《はんたい》されるような」

大真面目《おおまじめ》に、鵺君《ぬえくん》は尋《たず》ねてくる。

「……う、うーん、アイドルとファンだから、確《たし》かに身分違《みぶんちが》いみたいな感《かん》じだけど」

平安時代《へいあんじだい》の妖怪《ようかい》さんに、アイドルってものを説明《せつめい》するの、どうしたらいいんだろ……。

「そうか……身分違《みぶんちが》いなのか」

鵺君《ぬえくん》は、勝手《かって》に納得《なっとく》したみたいで、なんだかつらそうに顔《かお》をゆがめた。

「つらい恋《こい》をしているのだな、若菜《わかな》も。かぐやも帝《みかど》とは結《むす》ばれない運命《うんめい》だとよく泣《な》いていた。幸《しあわ》せになってほしかったのに……」

かぐやさんの話《はなし》になると、鵺君《ぬえくん》はとても切《せつ》ない顔《かお》になる。どれだけ鵺君《ぬえくん》がかぐやさんを大事《だいじ》に思《おも》っていたか伝《つた》わってきて、なんだかあたしも胸《むね》が痛《いた》くなるくらい。……なんだけど。なんか、あたし自身《じしん》のことについては、微妙《びみょう》に誤解《ごかい》されてるような気《き》が。

「あ、あのさ……あたしはハヤテの歌《うた》が好《す》きなんだ。嫁《よめ》とか、そういうのにはなれないと思《おも》うけど、歌《うた》ってるハヤテが見《み》られたら幸《しあわ》せなんだ。ハヤテの声《こえ》にネクストのメンバー三《さん》人《にん》のハモりが入《はい》ると本当《ほんとう》に素敵《すてき》だし、アイドルグループはたくさんあるけど、ネクストは特別《とくべつ》なんだ。お互《たが》いの声《こえ》が解《と》け合《あ》って、ほかにはなくて……あんなふうに歌《うた》で人《ひと》の心《こころ》を動《うご》かせるって、すごいとあたしは思《おも》うんだ」

なんとか伝《つた》えたいって思《おも》って一生懸命《いっしょうけんめい》しゃべったんだけど……鵺君《ぬえくん》は、イマイチわからないって顔《かお》で、あたしを見《み》ている。うう、現代《げんだい》の女《おんな》の子《こ》の気持《きも》ちを大昔《おおむかし》の妖怪《ようかい》さんにわかってもらうのって難《むずか》しい……。

——と、そのとき。

「……うう」

いきなり、後《うし》ろで声《こえ》がした。振《ふ》り返《かえ》ると、え、お、おじいさん？

そうだ、あたし、一人《ひとり》で帰《かえ》ってきたんじゃなかったんだった、すっかり忘《わす》れてた。

半開《はんびら》きのドアの向《む》こうにいるおじいさん、もしかして、鵺君《ぬえくん》の姿《すがた》、見《み》ちゃったかな。大《だい》丈夫《じょうぶ》だよね？　そこからだと、声《こえ》しか聞《き》こえてない……よね？

おじいさんは、目元《めもと》を覆《おお》って動《うご》かない。あれ、もしかして、泣《な》いてる……？

あたしは慌《あわ》てて、廊下《ろうか》に出《で》て駆《か》け寄《よ》った。

「あ、あの……怪我《けが》、痛《いた》いんですか？　ちゃんと病院《びょういん》行ったほうがいいかも……」

「い、いや、そうじゃないんだ」

涙《なみだ》をぬぐいながら、おじいさんは首《くび》を振《ふ》る。

かと思《おも》うと、いきなりあたしに頭《あたま》を下《さ》げた。

「ありがとう。ネクストの歌《うた》を気《き》にいってくれて嬉《うれ》しいよ」

「え、あ、今《いま》の話《はなし》聞《き》いて……おじいさん、もしかして、ネクストのファンですか？」

「いや。ファンじゃ、ない。でも、嬉《うれ》しかった。……もう帰《かえ》るよ。迷惑《めいわく》をかけた」

急《いそ》ぎ足《あし》で玄関《げんかん》に戻《もど》っていくおじいさんを、焦《あせ》ってあたし、追《お》いかけた。

「待《ま》ってください。これだけ……」

リビングの引《ひ》き出《だ》しから取《と》ってきた絆創膏《ばんそうこう》。あたしの趣味《しゅみ》で可愛《かわい》いチェック柄《がら》なのは申《もう》し訳《わけ》ないけど、手当《てあ》てさせてほしい。強引《ごういん》に手《て》をつかんで、怪我《けが》をした手《て》の甲《こう》に貼《は》り付《つ》けると、おじいさんはじっとあたしを見《み》つめたあと、もう一度《いちど》、頭《あたま》を下《さ》げた。

「ありがとう。……これからもネクストを応援《おうえん》してくれ。たとえ、何《なに》があっても」

妙《みょう》に力《ちから》のこもった声《こえ》で言《い》い、あたしの手《て》をぎゅっと握《にぎ》ってから、おじいさんは逃《に》げるみたいにして、屋敷《やしき》から出《で》ていっちゃった。なんか……変《へん》なの。なんだったんだろ、一体《いったい》。

見送《みおく》ったあたしが玄関《げんかん》で困惑《こんわく》していると、

「お？　若菜《わかな》、もう帰《かえ》ってきたのか？」

門《もん》からシュウ君《くん》が姿《すがた》を見《み》せた。手《て》には大《おお》きな買《か》い物袋《ものぶくろ》。町《まち》のスーパーに行《い》ってたみたい。

「今出《いまで》てったじいさん、誰《だれ》だ？　知《し》り合《あ》いか？」

「ううん、そうじゃないけど……」

「知《し》らないヤツを、ほいほい屋敷《やしき》にいれるなよ。いれていいのは屋敷神《やしきがみ》のおれが許可《きょか》したヤツだけだぞ。……ところで、若菜《わかな》、帰《かえ》りは夕方《ゆうがた》だって言《い》ってただろ。どうしたんだ？」

「うん、そのはずだったんだけどね。なんだか変《へん》なことが起《お》きてて……」

一緒《いっしょ》にリビングに戻《もど》って、あたしは改《あらた》めて、二人《ふたり》に学校《がっこう》でのことを話《はな》した。

でも、話《はな》しているうちに、なんだか嘘《うそ》っぽいなって自分《じぶん》で感《かん》じてしまった。

「そんな呪《のろ》いってありえないよね、常識《じょうしき》で考《かんが》えて。だってさ、煙《けむり》に包《つつ》まれて、いきなり歳《とし》をとっちゃうなんて、まるで、浦島太郎《うらしまたろう》のお話《はなし》、そのまんまだもん」

昔《むかし》、浦島太郎《うらしまたろう》は、助《たす》けた亀《かめ》に連《つ》れられて竜宮城《りゅうぐうじょう》に行《い》き、しばらく遊《あそ》び暮《く》らしたあと、もとの村《むら》に帰《かえ》ったんだけど、村《むら》はすっかり変《か》わってしまっていて、驚《おどろ》いた太郎《たろう》がお土産《みやげ》の玉手箱《たまてばこ》を開《あ》けたら、煙《けむり》に包《つつ》まれておじいさんに変身《へんしん》——って話《はなし》だったはず。

「そうだな。本当《ほんとう》に浦島《うらしま》のじいさんがやったんじゃねえのか。あの玉手箱《たまてばこ》で」

シュウ君《くん》が言《い》い、鵺君《ぬえくん》もうなずいた。

「確《たし》かにあのじいさんなら、やりかねない。悪《わる》いヤツではなかったが、あわて者《もの》だった」

「――え？」

予想外《よそうがい》の反応《はんのう》に、あたし、目《め》をぱちくり。

「ど、どういうこと？　まさか……浦島太郎《うらしまたろう》も二人《ふたり》の知《し》り合《あ》いだなんて、言《い》わないよね？」

「知《し》り合《あ》いだぜ」

「何度《なんど》か会《あ》ったことはある」

あっさりうなずかれて、あたし、口《くち》をあんぐり。

「う、嘘《うそ》でしょ。知《し》り合《あ》いって……平安京《へいあんきょう》の仲間《なかま》だってこと？」

「平安京《へいあんきょう》というか、あのじいさんはもっとずっと年上《としうえ》。こいつよりも昔《むかし》からいたはずだ」

シュウ君《くん》が鵺君《ぬえくん》を指差《ゆびさ》すと、鵺君《ぬえくん》もうなずいた。

「ああ、おれが初《はじ》めて会《あ》ったときは、人《ひと》と鶴《つる》の姿《すがた》を使《つか》い分《わ》けて、日本中《にっぽんじゅう》を旅《たび》していた」

「鶴《つる》？　なんで鶴《つる》？　浦島太郎《うらしまたろう》って亀《かめ》の話《はなし》だよね？」

「竜宮城《りゅうぐうじょう》から帰《かえ》ってきて年寄《としより》になった浦島《うらしま》は、そのあと鶴《つる》に変身《へんしん》したんだそうだ。人間《にんげん》をやめて、妖怪《ようかい》の仲間入《なかまい》りをしたってことだ」

知《し》らなかった。あたしの読《よ》んだ絵本《えほん》は、おじいさんになったところで終《お》わりだった。

「けどよ、あれから千年《せんねん》は経《た》ってるのにずっと生《い》き続《つづ》けてたって……あのじいさん、そんなにすごい妖怪《ようかい》だったか？」

シュウ君《くん》が言《い》い、鵺君《ぬえくん》も首《くび》を傾《かし》げる。

「いや、それほどの力《ちから》はなかったはずだ。もともとは人間《にんげん》だからな」

「……ってことは、やっぱり浦島《うらしま》じいさんじゃねえのかな」

うーんって、二人《ふたり》で考《かんが》え込《こ》んでる。

そこでいきなり、鵺君《ぬえくん》が険《けわ》しい顔《かお》になって叫《さけ》んだ。

「──上《うえ》！」

同時《どうじ》に、シュウ君《くん》はリビングから飛《と》び出《だ》す。向《む》かった先《さき》は、縁側《えんがわ》の向《む》こうの庭《にわ》。

庭先《にわさき》で上空《じょうくう》をあおいだシュウ君《くん》は、げって声《こえ》をあげると、また戻《もど》ってきた。

「ダメだ、間《ま》に合《あ》わねえ」

「え、なに、なんなの？」

慌《あわ》てたあたしの目《め》に、庭《にわ》に何《なに》かが落《お》ちてくるのが見《み》えた。ひと、みたいな──。

どーん。

その何《なに》かが地面《じめん》にぶつかったみたいな、大《おお》きな音《おと》。

「いてててて……ううう、年寄《としより》にはきついのう」

覚《おぼ》えのない声《こえ》がして、庭《にわ》にぶわあっと白《しろ》い煙《けむり》が広《ひろ》がった。

「わー、こっち来《く》んな」

「若菜《わかな》、逃《に》げろ」

シュウ君《くん》と鵺君《ぬえくん》、それぞれあたしの左右《さゆう》の手《て》を引《ひ》っ張《ぱ》って、あたしをリビングの奥《おく》、キッチンのワゴンの陰《かげ》まで引《ひ》きずり込《こ》む。

「いったい、なんなのよー」

おろおろしている間《あいだ》に、一瞬《いっしゅん》だけ庭《にわ》に広《ひろ》がった煙《けむり》は、もやもやっと天《てん》にのぼり、じきに消《き》えてなくなった。

「おーい、もう大丈夫《だいじょうぶ》じゃぞ。出《で》てきてくれーい」

のんびりとした声《こえ》が、庭《にわ》から聞《き》こえてくる。

おそるおそる、ワゴンの陰《かげ》から顔《かお》を出《だ》したあたしが見《み》たのは、腰《こし》をさすりながら庭《にわ》に立《た》ってる、着物姿《きものすがた》に釣《つ》り竿《ざお》を手《て》にした、白髪《しらが》のおじいさん。

「浦島《うらしま》じいさん、やっぱりあんたかよ！」

シュウ君《くん》が怒鳴《どな》り、やれやれって鵺君《ぬえくん》がため息《いき》をついた。

4

「いや、すまんかったのう。人《ひと》の姿《すがた》に戻《もど》れるようになったのは、何百年《なんびゃくねん》かぶりでの。まだうまく調節《ちょうせつ》できんのじゃ。今《いま》も、鶴《つる》の姿《すがた》でのんびり飛《と》んでおったんじゃが、この屋敷《やしき》に近《ちか》づいたとたん、いきなり人《ひと》に変化《へんげ》してしまってのう。いやもう、驚《おどろ》いたわい」

悪《わる》かったと、浦島《うらしま》さんは頭《あたま》をかいて笑《わら》う。

リビングの縁側《えんがわ》に浦島《うらしま》さんは腰掛《こしか》け、あたしたちはそのまわりに集《あつ》まって、話《はなし》を聞《き》いていた。皺《しわ》だらけの顔《かお》に白髪《しらが》のチョンマゲで、青《あお》い着物《きもの》、腰《こし》には藁《わら》でできたスカートみたいなの巻《ま》き付《つ》けて――うん、確《たし》かに、絵本《えほん》で見《み》た浦島太郎《うらしまたろう》そのまんま。

「悪《わる》かったじゃすまねえだろ、じいさん。あんたが落《お》ちてくるだけならいいけどよ。その厄介《やっかい》な箱《はこ》のフタ、はずれねえようにしてくれよ」

シュウ君《くん》がキレ気味《ぎみ》に言《い》う。さっきの煙《けむり》は、噂《うわさ》の玉手箱《たまてばこ》の煙《けむり》だったらしくて、もしもあれを吸《す》っていたら、あっというまに歳《とし》をとっちゃうんだって。

「いや、落《お》ちた拍子《ひょうし》に、ついパカっとな。今後《こんご》は気《き》をつける」

ははは、って、浦島《うらしま》さんは、まったく気《き》にしていない。

なんでも、鶴《つる》の姿《すがた》のときは、玉手箱《たまてばこ》と釣《つ》り竿《ざお》、どこかに消《き》えちゃってるんだって。人《ひと》の姿《すがた》に戻《もど》ると、いきなり手元《てもと》に現《あらわ》れる。うーん、なんとも不思議《ふしぎ》な話《はなし》。

「玉手箱《たまてばこ》が本当《ほんとう》にあるってことは、竜宮城《りゅうぐうじょう》もあるんだよね。ね、どんなところなの？」

好奇心《こうきしん》をおさえられずに聞《き》いてみると、浦島《うらしま》さんはにこにこと答《こた》えてくれた。

「そりゃあ美《うつく》しいところじゃよ。すべてがキラキラ輝《かがや》いて、毎日《まいにち》が夢《ゆめ》のようじゃった」

「絵本《えほん》に出《で》てくる通《とお》りなんだね。ホンモノの浦島《うらしま》さんとお話《はなし》できるなんて、夢《ゆめ》みたい」

「何《なに》を言《い》うておる。酒呑童子《しゅてんどうじ》や鵺《ぬえ》と一緒《いっしょ》におる者《もの》が、浦島太郎《うらしまたろう》くらいで驚《おどろ》いちゃいかんな。

……しかし、まさか、あの酒呑童子《しゅてんどうじ》が現代《げんだい》によみがえっておったとはのう。しかも、あの最強《さいきょう》の雷獣《らいじゅう》、鵺《ぬえ》まで一緒《いっしょ》ときた。怖《こわ》いモノなしじゃな。——じゃが、おぬしら、いったい誰《だれ》に封印《ふういん》されて、なんでよみがえったんじゃ？　死《し》んだと思《おも》うとったんじゃが……」

浦島《うらしま》さんも、やっぱりそこは気《き》になるみたい。

「知《し》らねえよ。封印《ふういん》されてた本人《ほんにん》に、わかるわけねえだろ」

「そうか。……まあ、事情《じじょう》はともかく、おぬしらの復活《ふっかつ》はめでたい話《はなし》じゃ。年老《としお》いたせいで、何百年《なんびゃくねん》も前《まえ》から鶴《つる》になりっぱなしだったわしが、急《きゅう》に人《ひと》に戻《もど》れるようになったのも、もしや、おぬしらの復活《ふっかつ》に何《なに》か影響《えいきょう》されたのかもしれんのう。……ま、いきなりのことじやったんで、昨日《きのう》の夕方《ゆうがた》も、空《そら》から落《お》ちるわ、落《お》ちた拍子《ひょうし》に玉手箱《たまてばこ》のフタがはずれるわで、近《ちか》くにいた者《もの》たちには本当《ほんとう》に悪《わる》いことをしてしもうたが。慌《あわ》てて近《ちか》くの公園《こうえん》に駆《か》け込《こ》んだときにも若《わか》い兄《にい》ちゃんにぶつかって、箱《はこ》から漏《も》れた煙《けむり》を吸《す》わせてしもうたし」

なんともうっかりじゃと、頭《あたま》をかく浦島《うらしま》さん。

じゃ、昨日《きのう》の呪《のろ》いの煙《けむり》ってやっぱり……。

「ったく、相変《あいか》わらず、傍迷惑《はためいわく》なじいさんだな」

「おぬしに言《い》われとうはないぞ、酒呑童子《しゅてんどうじ》よ。平安京一《へいあんきょういち》の悪《わる》ガキが。……しかし、まあ、今後《こんご》は気《き》をつける。なんといっても、玉手箱《たまてばこ》の煙《けむり》で歳《とし》をとった者《もの》は、二度《にど》と元《もと》には戻《もど》れんのじゃからな。わしのように」

「ええええ！　それ、本当《ほんとう》なの？」

あたしは思《おも》わず大声《おおごえ》をあげた。

「本当《ほんとう》じゃよ」

けろりとして、浦島《うらしま》さんは言《い》う。

「じゃ、学校《がっこう》の先生《せんせい》たちみんな、おじいちゃん、おばあちゃんになったたままなの？」

「煙《けむり》を吸《す》ったんだとしたら、そうなるのう、残念《ざんねん》じゃが」

「そんな……」

担任《たんにん》の安藤先生《あんどうせんせい》の顔《かお》が頭《あたま》に浮《う》かんだ、あの安藤《あんどう》ちゃんが、おばあちゃんのまま？　それはちょっと……ひどすぎない？

「本当《ほんとう》に、戻《もど》れないのか」

ふいに、そこで、庭《にわ》から押《お》し殺《ころ》したような声《こえ》が聞《き》こえた。

驚《おどろ》いて目《め》を向《む》けると、さっきの怪我《けが》をしたおじいさん。

木《き》の陰《かげ》に立《た》って、こっちを見《み》ている。その表情《ひょうじょう》はこわばって、愕然《がくぜん》としていて……。

「一昨日《おととい》と同《おな》じ煙《けむり》が見《み》えたから、戻《もど》ってきたんだ。何《なに》か、呪《のろ》いを解《と》く鍵《かぎ》が見《み》つかるかと思《おも》って。なのに……」

震《ふる》え声《ごえ》でつぶやくその姿《すがた》。

あたしは、はっとした。このひとの声《こえ》……あたし、覚《おぼ》えがある。

顔《かお》も、そう。どこかで会《あ》ったようなおじいさんだと思《おも》ってた。それって、実《じつ》は……。

「ハヤテ？　……もしかして、ハヤテなの？」

ネクストのメンバーの一人《ひとり》が、呪《のろ》いの煙《けむり》を浴《あ》びた――ナナはそう言《い》っていた。

だとしたら、今《いま》、目《め》の前《まえ》にいるのは、おじいさんになってしまったあとの……。

「元《もと》の姿《すがた》になれないのなら、もうネクストには戻《もど》れない……」

震《ふる》える声《こえ》で言《い》ったおじいさん――ううん、ハヤテは、そのまま庭《にわ》から走《はし》り去《さ》っていく。

「待《ま》って――」

そう叫《さけ》んだあたし、あとから考《かんが》えたら、そのままハヤテを追《お》いかけたらよかったんだ。

だけど、そのときは、あたしもあまりのことに驚《おどろ》いて――呆然《ぼうぜん》として動《うご》けなかった。


「すまんかった。本当《ほんとう》に、悪《わる》かった」

浦島《うらしま》さんは、シュウ君《くん》と鵺君《ぬえくん》に叱《しか》られて、自分《じぶん》のしたことを本当《ほんとう》に悪《わる》いと思《おも》ってくれたみたいで、あたしに何度《なんど》も頭《あたま》を下《さ》げてくれた。特《とく》に鵺君《ぬえくん》は、かなり本気《ほんき》で怒《おこ》ってくれて、浦島《うらしま》さんを青《あお》ざめさせていた。

でも……あたしはそんな浦島《うらしま》さんを、どうしても、許《ゆる》してあげられなかった。

だって、ハヤテは、もうネクストには戻《もど》れないって言《い》っていた。じゃあ、二度《にど》と、ハヤテの歌《うた》は聴《き》けない？　ネクストがそろって歌《うた》うことはない？

ハヤテが今《いま》、どんな気持《きも》ちでいるか――考《かんが》えるだけで涙《なみだ》が出《で》てきそう。

なんとか助《たす》けられないの？　どうにもならないの？

やりきれない気持《きも》ちで、唇《くちびる》を噛《か》んでうつむく。

――そのとき。あたしの視界《しかい》のなかで、何《なに》かが、きらりと光《ひか》った。

手首《てくび》につけたブレスレットの、黒《くろ》い石《いし》。

そうだ。そうだよ。

「ねえ、これ……だめかな」

あたし、ブレスレットをみんなの前《まえ》に見《み》せながら、言《い》った。

「この石《いし》の光《ひかり》から、妖力《ようりょく》を抑《おさ》える力《ちから》を感《かん》じた――鵺君《ぬえくん》、そう言《い》ってたでしょ。それが本当《ほんとう》だとしたら、玉手箱《たまてばこ》の呪《のろ》いの力《ちから》も打《う》ち消《け》してくれる……ってこと、ないかな」

はっとしたように、シュウ君《くん》と鵺君《ぬえくん》が顔《かお》を見合《みあ》わせた。

「可能性《かのうせい》はあるな」

しばし考《かんが》えたあと、鵺君《ぬえくん》が言《い》った。シュウ君《くん》も、ああってうなずく。

「そう、うまくいくじゃろうか。なんだか、気味《きみ》の悪《わる》そうな石《いし》じゃが……」

浦島《うらしま》さんだけは、信《しん》じていない様子《ようす》。

「ダメでもいいよ。可能性《かのうせい》があるなら……あたし、ためしてみる」

あたしは立《た》ち上《あ》がって、そのまま玄関《げんかん》に駆《か》け出《だ》そうとした。

そのまま、ハヤテを捜《さが》しにいくつもりだった。一刻《いっこく》も早《はや》く見《み》つけて、この石《いし》を試《ため》してみる。それが、あたしにできる、唯一《ゆいいつ》のことだから。

「お、おい、待《ま》てよ」

なぜか、シュウ君《くん》があたしの手《て》をつかんで引《ひ》き止《と》めた。

「え、なに――」

「なにって、お前《まえ》……一人《ひとり》で行《い》く気《き》か？」

「そうだけど……ダメ？」

とまどったあたしに、シュウ君《くん》も、とまどったみたいだった。

「いや、そこはなんというか……そうじゃねえだろ。お前《まえ》、一応《いちおう》、おれの主《あるじ》なんだし」

「主《あるじ》だったら、一人《ひとり》で行《い》っちゃだめなの？　そんな決《き》まり事《ごと》、あるんだっけ」

あれ、でも、あたし学校《がっこう》には一人《ひとり》で行《い》ってたよね。それはよかったのかな？

「いや、だからな……もう少《すこ》し、主《あるじ》らしくしたらどうだって言《い》うか……たとえばさ……おれに何《なに》か命令《めいれい》するとか、あるだろ、この状況《じょうきょう》なら。……手伝《てつだ》えとか、そういうのがさ」

予想外《よそうがい》の言葉《ことば》に、あたしはきょとんとした。

「命令《めいれい》って、あたしが……シュウ君《くん》に？……そんなことして、シュウ君《くん》、怒《おこ》らない？」

鬼《おに》に命令《めいれい》なんて、すごくコワいんだけど。

素直《すなお》に思《おも》ったままを口《くち》にすると、シュウ君《くん》はなぜか一瞬《いっしゅん》、絶句《ぜっく》したあと、

「お前《まえ》、もしかして、おれとの約定《やくじょう》の意味《いみ》、わかってないのか？　屋敷主《やしきぬし》のお前《まえ》は、屋敷《やしき》神《がみ》のおれにはなんだって命令《めいれい》できるんだぞ？　なにもお前《まえ》だけが約定《やくじょう》にしばられるわけじゃない。おれだって、しばられるんだよ。それが約定《やくじょう》ってもんだ」

「へえ、そうなんだ」

「そうなんだ、って……」

シュウ君《くん》はなんでだか、がっくりとため息《いき》をつく。

「……なんか調子狂《ちょうしくる》うよな、お前《まえ》って。ヘンなヤツだってことはわかってたけど」

「なに、それ。そうやってシュウ君《くん》はすぐにヘンなヤツ扱《あつか》いするけどさ、何《なに》も知《し》らないのはしかたないでしょ。何《なに》もわかんないあたしをだましたの、シュウ君《くん》じゃない」

口《くち》をとがらせると、シュウ君《くん》は、もごもごと口《くち》ごもる。

「……あのときは、こっちだってしょうがなかったんだ、鬼《おに》と暮《く》らしてくれそうなヤツ、ほかに見《み》つかるとも思《おも》えなかったし、こいつをつかまえねえとって必死《ひっし》だったし……」

強引《ごういん》で悪《わる》かったとは思《おも》ってる——って、すまなさそうに、小声《こごえ》でつけたす。

そっか。少《すこ》しは悪《わる》いと思《おも》ってくれてるんだ、だましたこと。ちょっとほっとした。

——って、待《ま》って待《ま》って。またあたし、チョロく丸《まる》め込《こ》まれてる？　今《いま》の言葉《ことば》がシュウ君《くん》の本音《ほんね》だと、思《おも》ったらダメなのかな。

「で、命令《めいれい》すんのか、しねえのか、どっちだ？」

「……ええと、手伝《てつだ》ってはほしいけど……」

誰《だれ》かに命令《めいれい》するのって、えらそうで好《す》きじゃない。でも、今《いま》は、すべきなのかな。手伝《てつだ》ってもらえたら嬉《うれ》しいし……。

「酒呑童子《しゅてんどうじ》。まわりくどいことをせず、お前《まえ》のほうから言《い》ったらどうなんだ、手伝《てつだ》いたい、命令《めいれい》してくれって」

呆《あき》れたように口《くち》をはさんだのは、鵺君《ぬえくん》だった。なんか、苦笑《くしょう》しているみたい。

とたん、シュウ君《くん》は、かっと顔《かお》を赤《あか》くして怒鳴《どな》った。

「うるさい、横《よこ》から口出《くちだ》すな。若菜《わかな》はおれの主《あるじ》だ。お前《まえ》は関係《かんけい》ないだろ」

「しかし、やりとりが、あまりに馬鹿馬鹿《ばかばか》しい」

「……ああ、もうわかった」

シュウ君《くん》は、なぜかさらにキレて怒鳴《どな》った。

「おれは若菜《わかな》を手伝《てつだ》ってやる！　主《あるじ》だから当然《とうぜん》だ！　それでいいんだろ！」

怒鳴《どな》ってるけど、いつもと違《ちが》ってコワくない。だって、もう耳《みみ》まで真《ま》っ赤《か》。こんなシュウ君《くん》、初《はじ》めて見《み》たかも。

「おれも行《い》こう。若菜《わかな》の惚《ほ》れた相手《あいて》なら、なんとかして助《たす》けてやりたい」

鵺君《ぬえくん》も、苦笑《くしょう》を引《ひ》っ込《こ》めたあと、そう言《い》ってくれた。

惚《ほ》れた相手《あいて》――って、シュウ君《くん》が驚《おどろ》いたみたいな顔《かお》をしたけど、そこを説明《せつめい》していると長《なが》くなりそうだから、とりあえず、スルー。

「ありがとう、二人《ふたり》とも。行《い》こう！」

二人《ふたり》が力《ちから》を貸《か》してくれたら、ハヤテを助《たす》けられる。今《いま》はそう信《しん》じて、動《うご》くしかない。

5

でも、庭《にわ》から逃《に》げていったハヤテ、どこに行《い》っちゃったのか、あたりを手分《てわ》けして捜《さが》しても見《み》つからない。

「コンサートというのは、夕方《ゆうがた》からなんだろう？　まだ時間《じかん》はある。まずは居場所《いばしょ》のわかっているひとのところへ行《い》って、石《いし》の力《ちから》を試《ため》してみるのもいいんじゃないか」

鵺君《ぬえくん》がそう言《い》い出《だ》して、だったら、担任《たんにん》の安藤先生《あんどうせんせい》がいいって、あたしは言《い》った。

「二《ふた》つ向《む》こうの駅《えき》の、駅前《えきまえ》マンションで一人暮《ひとりぐ》らしって聞《き》いたことあるんだ」

「わかった。なら、そこへ行《い》ってみよう」

うなずくと、鵺君《ぬえくん》、頭《あたま》を一振《ひとふ》りした。

ぶわっと風《かぜ》が起《お》こって——次《つぎ》の瞬間《しゅんかん》、目《め》の前《まえ》に現《あらわ》れる、銀色《ぎんいろ》のケモノ。光《ひか》り輝《かがや》くたてがみを持《も》つ、美《うつく》しい天《てん》の狐《きつね》。憧《あこが》れの、ふわふわ、もふもふ……。

「おい、ぼけっとしてねえで、行《い》くぞ」

シュウ君《くん》が、あたしの腕《うで》を強引《ごういん》につかんで、鵺君《ぬえくん》の背中《せなか》にかつぎあげる。それから、自《じ》分《ぶん》も、よいしょって、あたしの後《うし》ろに乗《の》った。

「え、二人《ふたり》で乗《の》るの？　大丈夫《だいじょうぶ》なの？」

「大丈夫《だいじょうぶ》なデカさになったんだろ。普段《ふだん》はこいつ、もっと小《ちい》さいじゃねえか」

言《い》われてみれば、柴犬《しばいぬ》とか、そのくらいの大《おお》きさのときもあったような。今《いま》はライオンよりも大《おお》きいくらいだけど。鵺君《ぬえくん》て自分《じぶん》で大《おお》きさ変《か》えられるんだ。さすが、天《てん》の狐《きつね》。

その鵺君《ぬえくん》は、あたしたちを乗《の》せ、ぐっと身《み》を沈《しず》める。ジャンプする前《まえ》の猫《ねこ》みたいな感《かん》じ。

そして、一気《いっき》に空《そら》へと飛《と》び出《だ》した。

庭《にわ》に浦島《うらしま》さんを残《のこ》し、ぐんぐんと天《てん》へ舞《ま》い上《あ》がる。

風《かぜ》を切《き》って飛《と》ぶ鵺君《ぬえくん》は、あっというまに目当《めあ》てのマンションにたどり着《つ》いた。

「部屋番号《へやばんごう》はわかんないけど、見晴《みは》らしがいいって自慢《じまん》してたから、上《うえ》のほうだと思《おも》う」

あたしは鵺君《ぬえくん》に頼《たの》んで、窓《まど》から中《なか》がのぞける高《たか》さで、ゆっくりと飛《と》んでもらうことにした。窓《まど》の外《そと》を見《み》るひとがいたら大騒《おおさわ》ぎになっちゃうけど、そんなこと気《き》にしてられない。

カーテンがきっちり閉《し》まったままの部屋《へや》もあるから、見《み》つからなかったらどうしようって不安《ふあん》はあったけど、最上階《さいじょうかい》、十一階《じゅういっかい》の角部屋《かどべや》の前《まえ》で、あたし、声《こえ》をあげた。

「いた、安藤《あんどう》ちゃん！」

白《しろ》いカーテンが少《すこ》しだけ開《あ》いていて、部屋《へや》の中《なか》が見《み》えた。

リビングのソファで、背《せ》もたれに顔《かお》をうずめて寝《ね》てるみたいな白髪《しらが》のおばあさん。その服《ふく》に見覚《みおぼ》えがあった。安藤先生《あんどうせんせい》が部活《ぶかつ》のときに着《き》てる、青《あお》いジャージ。

ぐったりと動《うご》かない姿《すがた》に、あたし、胸《むね》が痛《いた》くなった。

きっとショックだったんだろうな。ムキムキ体育会系《たいいくかいけい》とはいえ、女子《じょし》だもん。膝《ひざ》のうえの真《ま》っ黒《くろ》な猫《ねこ》が、心配《しんぱい》そうに顔《かお》をのぞき込《こ》んでも、ぴくりとも動《うご》かない。

あたし、右手《みぎて》のブレスレットを胸元《むなもと》にあてた。

どうか。どうか、力《ちから》を貸《か》して。先生《せんせい》を、治《なお》して――。

「えい――！」

精一杯《せいいっぱい》の祈《いの》りを込《こ》めて、あたしはブレスレットを先生《せんせい》に向《む》けてかざす。

だけど、何《なに》も、起《お》こらない。

やっぱりダメなのかな。この石《いし》に力《ちから》があるなんて、勘違《かんちが》いだったのかな。

はりきってた分《ぶん》、がっかりして、思《おも》わず泣《な》きそうになった。――そのとき、だった。

金《きん》の光《ひかり》が一筋《ひとすじ》、石《いし》から伸《の》びて、先生《せんせい》を包《つつ》んだ。あの日《ひ》、鵺君《ぬえくん》の石像《せきぞう》を照《て》らしたのと同《おな》じように。

とたんに、戻《もど》っていく先生《せんせい》の髪《かみ》。真《ま》っ白《しろ》だったのが、元《もと》の黒髪《くろかみ》に。

ニャーって、黒猫《くろねこ》が鳴《な》いて、先生《せんせい》にじゃれついた。顔《かお》をあげた先生《せんせい》は、すぐに気付《きづ》いたみたいだった。髪《かみ》の色《いろ》が戻《もど》ったことに。

「やった！」

思《おも》わず叫《さけ》んでしまったあたし、すぐに鵺君《ぬえくん》のたてがみに顔《かお》をうずめる。先生《せんせい》がこっち向《む》いたんだ。気《き》付《づ》かれてないといいんだけど。鵺君《ぬえくん》も、急《いそ》いでふわりと上空《じょうくう》へと舞《ま》い上《あ》がる。

「馬鹿《ばか》、はしゃぐなよ」

シュウ君《くん》が頭《あたま》を小突《こづ》いた。

「……でも、よかったな」

「うん」

あたし、ブレスレットの黒《くろ》い石《いし》を、そっと右手《みぎて》でなでた。

ありがとう、あたしの大事《だいじ》な石《いし》。その力《ちから》で、次《つぎ》はハヤテを、どうか、治《なお》して。


だけど、町中《まちじゅう》を捜《さが》し回《まわ》っても、ハヤテの姿《すがた》は見《み》つからなかった。コンサート開演時間《かいえんじかん》が近《ちか》づいてきて、焦《あせ》りはじめた頃《ころ》、知《し》らせてくれたのは、鶴《つる》の姿《すがた》の浦島《うらしま》さんだった。

「見《み》つけたぞ！　裏口《うらぐち》からコンサートホールに入《はい》っていったのを、確《たし》かに見《み》たんじゃ」

一人《ひとり》でずっと捜《さが》してくれてたっていう浦島《うらしま》さんの言葉《ことば》を信《しん》じて、あたしたちはすぐにホールに向《む》かった。あたりには、もう大勢《おおぜい》のファンが集《あつ》まりはじめていたから、人目《ひとめ》につかずに忍《しの》び込《こ》める場所《ばしょ》を探《さが》し、裏口《うらぐち》にまわってみる。

でも、関係者以外立《かんけいしゃいがいた》ち入《い》り禁止《きんし》のはずの裏口《うらぐち》には、カメラやマイクを持《も》った人《ひと》が大勢《おおぜい》。

「開《あ》けてくださいよ、メンバーが呪《のろ》いにかかったって噂《うわさ》、本当《ほんとう》なんですか!?」

「ハヤテ、出《で》てきてよ！　煙《けむり》の呪《のろ》いなんて、嘘《うそ》なんでしょ！」

マスコミの記者《きしゃ》だけじゃなくて、今朝《けさ》見《み》かけた追《お》っかけの女《おんな》の子《こ》たちまでいる。

「どうしよう、これじゃ、なかに入《はい》れないよ……」

「うむ……そうじゃ、ここはわしに任《まか》せておけ」

そう言《い》うなり、浦島《うらしま》さんはいきなり、空中《くうちゅう》で人形《ひとがた》に変化《へんか》した。玉手箱《たまてばこ》のフタを開《あ》け、楽《たの》しげな声《こえ》とともに、地上《ちじょう》に降《お》りて（落《お》ちて？）いく。

「ほーれ、呪《のろ》いの煙《けむり》じゃぞ〜〜」

「うわあぁ、助《たす》けてくれ!!」

「何《なに》これ、顔《かお》がシワシワ……やだあああ」

悲鳴《ひめい》がとびかい、裏口《うらぐち》にいた人《ひと》たちはみんな、慌《あわ》てて逃《に》げて行《い》く。煙《けむり》を吸《す》っちゃったひとには申《もう》し訳《わけ》ないけど、あとからあたしの石《いし》で治《なお》すから、少《すこ》し、我慢《がまん》しててね。

「今《いま》だ、行《い》くぞ」

鵺君《ぬえくん》が急降下《きゅうこうか》して、あたしたちは人《ひと》のいなくなった裏口《うらぐち》に無事《ぶじ》に到着《とうちゃく》。ドアは鍵《かぎ》が閉《し》まっていたけど、シュウ君《くん》がぐいっとひねって引《ひ》きちぎった。

建物《たてもの》の中《なか》に入《はい》ったあとも、「関係者以外立ち入り禁止《かんけいしゃいがいたちいりきんし》」の張《は》り紙《がみ》がついた鍵付《かぎつ》きのドアを二《ふた》つほど、シュウ君《くん》が怪力《かいりき》で破《やぶ》り、先《さき》へと進《すす》む。

次第《しだい》に、バックバンドが音合《おとあ》わせをしている音《おと》が近《ちか》づいてくる。

こっそりと三階席《さんがいせき》から忍《しの》び込《こ》んでみれば、舞台装置《ぶたいそうち》が整《ととの》えられたステージの上《うえ》に、ネクストのメンバーがいるのが見《み》えた。マコト、シンヤ、カズキ。

初《はじ》めて生《なま》で見《み》る、本物《ほんもの》のネクスト！

どきどきしながら、まわりを見回《みまわ》してみる。……ハヤテは、いない。

どうしよう。浦島《うらしま》さんの見間違《みまちが》いだったのかな。

「ハヤテは来《く》るって言《い》ってるだろ！」

大声《おおごえ》で、誰《だれ》かが怒鳴《どな》った。リーダーのマコトだった。

「でも、昨日《きのう》から戻《もど》ってこないのよ。どれだけ捜《さが》したと思《おも》ってるの。呪《のろ》いだなんだって、変《へん》な噂《うわさ》がネットでは広《ひろ》がっているし……」

一階《いっかい》の客席《きゃくせき》から答《こた》えたのは、スーツ姿《すがた》の女《おんな》のひと。

「ハヤテは急病《きゅうびょう》ってことで、三人《さんにん》の歌《うた》を中心《ちゅうしん》にするわ。ハヤテがメインの曲《きょく》は省《はぶ》くわよ」

「ダメだ。何《なに》があったのかは知《し》らないが、あいつは本番《ほんばん》までには必《かなら》ず戻《もど》る！」

「そうだ、おれたちのステージなんだから、マネージャーが邪魔《じゃま》しないでくれよ」

「ハヤテを信《しん》じられないのかよ」

シンヤもカズキも、きっぱりと言《い》う。

あたし、なんだか泣《な》きそうになった。

ネクストって、実《じつ》は仲《なか》が悪《わる》いなんて言《い》われることもあるけど、全然違《ぜんぜんちが》う。こんなにメンバーどうし、信頼《しんらい》しあってるんだ。ハヤテをここに、戻《もど》してあげたい。

ううん。絶対《ぜったい》、戻《もど》してあげるんだ。

――そのとき、だった。

「入《はい》っちゃだめですよ、おじいさん」

「放《はな》してくれ！」

揉《も》めてるみたいな声《こえ》がして、一階《いっかい》の客席《きゃくせき》の扉《とびら》が開《あ》いた。

警備員《けいびいん》の手《て》を振《ふ》り払《はら》って入《はい》ってきた人影《ひとかげ》は、客席《きゃくせき》を突《つ》っ切《き》ってステージに歩《あゆ》み寄《よ》り、最《さい》前列《ぜんれつ》まで来《き》たところで立《た》ち止《ど》まる。

「おい、あんた、ここは関係者以外《かんけいしゃいがい》は――」

言《い》いかけたマコトが、途中《とちゅう》で言葉《ことば》を飲《の》み込《こ》んだ。

ほかのメンバーも目《め》を丸《まる》くしてる。一瞬《いっしゅん》の沈黙《ちんもく》のあと、

「待《ま》ってたぜ、ハヤテ」

「遅《おせ》えよ」

「お帰《かえ》り、ハヤテ」

次々《つぎつぎ》に言《い》ったメンバーたち。

あたしはびっくりして、身《み》を乗《の》り出《だ》してステージをのぞき込《こ》む。ハヤテが元《もと》の姿《すがた》に戻《もど》ったのかと思《おも》ったから。だって、メンバーは今《いま》のハヤテの姿《すがた》、知《し》らないはず……。

でも、そこにいたのは、おじいさんのままのハヤテ。どうして、わかったんだろ、みんな。

「すまない」

ハヤテ自身《じしん》も、正体《しょうたい》を見抜《みぬ》かれたことに、ちっとも驚《おどろ》かなかった。深々《ふかぶか》と頭《あたま》を下《さ》げて、

「こんな姿《すがた》になってしまったけれど、それでも、歌《うた》いたいんだ。おれの歌《うた》を好《す》きだと言《い》ってくれるひとのために――」

「時間《じかん》がないぞ、早《はや》く来《こ》い」

ハヤテの言葉《ことば》を最後《さいご》まで聞《き》かず、マコトはステージから、ハヤテに手《て》をさしのべた。

カズキもシンヤも。

ハヤテも、大《おお》きくうなずいて、みんなの手《て》をとった。

ああ、これがネクストだ。あたしの大好《だいす》きな……。

涙《なみだ》ぐんで、みんなを見《み》つめていたあたし、

「おい、ぼーっとしてんな」

後《うし》ろから、シュウ君《くん》にぐいっと襟首《えりくび》つかまれて、ぽいっと、もう一度《いちど》、ふわふわの銀《ぎん》の背中《せなか》に放《ほう》り投《な》げられる。

うん。そうだね。見《み》かけが変《か》わろうと、ハヤテの歌《うた》は素敵《すてき》だ。でも、やっぱり元《もと》の姿《すがた》がいちばんいい。

「行《い》こう！」

あたしとシュウ君《くん》を乗《の》せたケモノ姿《すがた》の鵺君《ぬえくん》は、三階席《さんがいせき》の手《て》すりをひらりと飛《と》び越《こ》え、ステージにふわりと舞《ま》い降《お》りていく。

「え、なんだよアレ――」

メンバーたちの驚《おどろ》きの声《こえ》を聞《き》きながら、あたしはブレスレットをハヤテに向《む》けた。

輝《かがや》け、あたしの石《いし》！

祈《いの》りとともに、黒《くろ》い石《いし》から、金色《きんいろ》の光《ひかり》が生《う》まれる。

「わああっ――」

まばゆい光《ひかり》にみんなが驚《おどろ》き、立《た》ち尽《つ》くしている間《あいだ》に、鵺君《ぬえくん》は空中《くうちゅう》で華麗《かれい》にターン。もとの三階席《さんがいせき》に舞《ま》い戻《もど》ったあと、来《き》たときに通《とお》ったルートを逆《ぎゃく》に通《とお》り、非常階段《ひじょうかいだん》から屋上《おくじょう》へと駆《か》け抜《ぬ》けた。

あっというまの、できごとだった。

もうちょっとネクストのこと見《み》ていたいな――なんて、思《おも》わなかったわけじゃない。でも、空飛《そらと》ぶ妖怪《ようかい》が本当《ほんとう》にいるなんて、世間《せけん》に広《ひろ》まっちゃったら困《こま》るもん。目的《もくてき》が達成《たっせい》できたら、とっとと退散《たいさん》しなきゃね。

それに、あたしはちゃんと見《み》た。

真《ま》っ白《しろ》だった髪《かみ》が戻《もど》って、ちゃんといつものハヤテの顔《かお》が現《あらわ》れたのを。

そして、その顔《かお》であたしを見《み》たハヤテが、びっくりしたように目《め》を丸《まる》くしたあと、絆創膏《ばんそうこう》を貼《は》った右《みぎ》の手《て》をこっちに向《む》けて、何《なに》か言《い》ったのを。

――ありがとう。君《きみ》の言葉《ことば》は忘《わす》れない――。

その声《こえ》は、はっきりとあたしの耳《みみ》に届《とど》いていた。

6

その夜《よる》のコンサートを、あたしと鵺君《ぬえくん》、シュウ君《くん》に浦島《うらしま》さんと、四人《よにん》で楽《たの》しんだ。——他《ほか》に誰《だれ》もいない屋上《おくじょう》に、漏《も》れ聞《き》こえてくるぶんだけのコンサートを。

「本当《ほんとう》にいいのか、中《なか》に入《はい》らなくて。邪魔《じゃま》な警備員《けいびいん》くらい、おれがぶっとばしてやるぞ？　主様《あるじさま》が命令《めいれい》してくれれば、すぐにでもな」

シュウ君《くん》はどこまで本気《ほんき》かわからない口調《くちょう》でそう言《い》ったけど、あたしは首《くび》を振《ふ》った。

「ううん、いいの、チケット持《も》ってないのにもぐり込《こ》むなんてダメだよ。それに、声《こえ》だけでもネクストの歌《うた》は素敵《すてき》だし」

ネクストには戻《もど》れないって言《い》っていたハヤテがホールに来《き》たのは、竹取屋敷《たけとりやしき》でのあたしと鵺君《ぬえくん》の話《はなし》——あたしがハヤテの歌《うた》について語《かた》った言葉《ことば》を、聞《き》いてくれたからじゃないかって、あたしは思《おも》っていた。だって、ハヤテは「君《きみ》の言葉《ことば》」って言《い》ってくれた。

もちろん、自惚《うぬぼ》れかもしれない。ハヤテには素敵《すてき》な仲間《なかま》がいるから、あたしの言葉《ことば》なんかなくたって、ホールに向《む》かったんだろうなとも思《おも》う。

でも、さ。あたしがハヤテの歌《うた》を好《す》きなんだって気持《きも》ちが、少《すこ》しでも、ハヤテを励《はげ》ましたんだったら、こんなに嬉《うれ》しいことはないよ。すごく、幸《しあわ》せだ。

——君《きみ》を忘《わす》れない　たとえ空《そら》の彼方《かなた》に君《きみ》が消《き》えても

いつかまた巡《めぐ》り会《あ》えるまで　決《けっ》して忘《わす》れないよ

かぐや姫《ひめ》を想《おも》って歌《うた》うハヤテの声《こえ》が、響《ひび》いてくる。切《せつ》ない、恋《こい》のバラード。夜空《よぞら》に浮《う》かぶ月《つき》を眺《なが》めながら、じっと歌《うた》に耳《みみ》を傾《かたむ》ける。かぐやさんが今《いま》も月《つき》にいるなら、この歌《うた》が月《つき》まで届《とど》くといいのに。

……なんて思《おも》っていると、ふと横顔《よこがお》に視線《しせん》を感《かん》じた。顔《かお》を向《む》けると、隣《となり》にいた鵺君《ぬえくん》が、あたしを見《み》ていた。獣姿《けものすがた》の鋭《するど》い瞳《ひとみ》とばっちり見《み》つめあってしまって、ドキっとする。

「ハヤテの歌《うた》を聴《き》いているときの若菜《わかな》は、ますますかぐやに似《に》ているな。……綺麗《きれい》だ」

真正面《ましょうめん》から言《い》われて、さらにうろたえたあたしは、焦《あせ》って早口《はやくち》に言《い》った。

「ええと、あの、あのね、鵺君《ぬえくん》の呼《よ》び名《な》なんだけど……アキ君《くん》っていうの、どうかな。もともとの名前《なまえ》、天《あま》つ狐《きつね》の『ア』と『キ』をとって、つけてみたんだ」

あれこれ考《かんが》えたんだけど、鵺《ぬえ》って呼《よ》ばれるようになる前《まえ》の名前《なまえ》に近《ちか》いのにしたかったんだ。でも、天《あま》つ狐《きつね》じゃ、鵺《ぬえ》よりももっと呼《よ》びにくいから、ちょっとアレンジ。

「アキ……か。悪《わる》くないな。わかった、使《つか》わせてもらおう」

鵺君《ぬえくん》は何度《なんど》か、その名前《なまえ》をつぶやいたあと、そう言《い》ってくれた。

「狐《きつね》にしちゃえらくかわいらしい名前《なまえ》だな。まあいいけど。——名字《みょうじ》はどうすんだ？」

シュウ君《くん》が聞《き》いてきて、そこで、あたしも気付《きづ》く。

「あ、名字《みょうじ》は考《かんが》えてなかった。じゃ、あたしと同《おな》じ緒崎《おざき》は？　親戚《しんせき》ってことにして」

「いや、ダメだろ、そりゃ。お前《まえ》の両親《りょうしん》が、おかしいと思《おも》うに決《き》まってるだろ」

人《ひと》をだますときは慎重《しんちょう》にしなきゃだめなんだって、シュウ君《くん》がえらそうに言《い》う。そんなことでいばらないでほしいけど、でも、さすが、だまし慣《な》れているひとは言《い》うことが違《ちが》う。

「じゃあ、シュウ君《くん》と同《おな》じにして、大江山《おおえやま》アキ」

「は？　おれと兄弟《きょうだい》みたいじゃねえか。冗談《じょうだん》じゃねえぞ」

「おれもごめんだ。こんな弟《おとうと》はいらん」

「おい、なんでおれが弟《おとうと》なんだよ。自分《じぶん》のほうがえらいとでも思《おも》ってんのか。若菜《わかな》に名前《なまえ》もらったからって、いい気《き》になってんじゃねえぞ」

「いちいち絡《から》むな。歳《とし》が上《うえ》なのは事実《じじつ》だろうが」

「ああ揉《も》めないでー」

あたしは慌《あわ》てて、割《わ》って入《はい》る。うー、この二人《ふたり》の喧嘩《けんか》のツボって、よくわかんない。

「わかった。名字《みょうじ》はいったん保留《ほりゅう》。名前《なまえ》だけ決定《けってい》。アキ君《くん》。……オッケー？」

「……ああ。おっけーだ」

ちょっとたどたどしく、鵺君《ぬえくん》——ううん、アキ君《くん》はうなずく。

「……よーし、じゃ、そろそろ行《い》こうよ、シュウ君《くん》、アキ君《くん》。浦島《うらしま》さんも」

「行《い》くって……どこへだ？」

シュウ君《くん》が首《くび》を傾《かし》げる。

「学校《がっこう》だよ。煙《けむり》の呪《のろ》いにかかっちゃった先生《せんせい》は、安藤《あんどう》ちゃんだけじゃないんだから、ほかの先生《せんせい》もみんな、治《なお》してあげなくちゃ」

「げ。本気《ほんき》か？　別《べつ》に、お前《まえ》の親《した》しい友達《ともだち》ってわけでもねえんだろ？」

「それでも、お世話《せわ》になってる先生《せんせい》を放《ほう》っておけないもん。住所《じゅうしょ》わかんないから、まず学《がっ》校《こう》に忍《しの》び込《こ》んで、先生《せんせい》たちのパソコンをチェックして……ね、手伝《てつだ》ってくれるよね？」

あたしがそう言《い》うと、シュウ君《くん》は一拍《いっぱく》の間《ま》を置《お》いたあと、真顔《まがお》で言《い》った。

「それは、主《あるじ》の命令《めいれい》か？」

「……あのさ、それなんだけどさ。命令《めいれい》より、お願《ねが》いのほうが、あたしは好《す》きなんだ。お願《ねが》いなら、シュウ君《くん》がイヤなら断《ことわ》れるんでしょう？　約定《やくじょう》とか関係《かんけい》なくて」

あたしはこれからも、そのほうがいい。

そういうと、シュウ君《くん》は目《め》を丸《まる》くした。

「せっかく鬼《おに》に命令《めいれい》できるのに、しねえのか？」

「鬼《おに》でも人間《にんげん》でも、命令《めいれい》とかそういうの、よくわかんないもん。家族《かぞく》にだって、友達《ともだち》にだって、命令《めいれい》なんて、普通《ふつう》はしないよ。だから、シュウ君《くん》にもしたくないなって」

シュウ君《くん》はまん丸《まる》な目《め》のままで、しばらく黙《だま》ってあたしを見《み》ていたけど、

「……お前《まえ》、変《か》わったヤツだよ、本当《ほんとう》に」

そう言《い》うと、笑《わら》って立《た》ち上《あ》がった。

「しょうがねえ。お願《ねが》いきいてやるよ。行《い》くぜ、主様《あるじさま》」

うやうやしく頭《あたま》を下《さ》げたあと、あたしに手《て》をさしのべる。その隣《となり》ではアキ君《くん》が、背中《せなか》に乗《の》れっていうように、身《み》をかがめてくれていた。浦島《うらしま》さんは一足《ひとあし》さきに、羽《は》ばたいて空《そら》へ。

「うん、行《い》こう！」

あたしはシュウ君《くん》に手《て》をとられながら、アキ君《くん》のふわふわの背中《せなか》に、笑顔《えがお》で飛《と》び乗《の》った。

第《だい》四《よん》話《わ》 最《さい》強《きょう》の妖《よう》怪《かい》ヤマタノオロチ登《とう》場《じょう》!?

1

六月《ろくがつ》に入《はい》ったとたん雨《あめ》が続《つづ》いて、その日《ひ》の夕方《ゆうがた》も、あたしはうんざりしながら傘《かさ》を差《さ》し、竹取屋敷《たけとりやしき》への道《みち》を上《のぼ》っていた。

浦島《うらしま》さんが起《お》こした「呪《のろ》いの煙事件《けむりじけん》」から一週間《いっしゅうかん》が過《す》ぎ、竹取屋敷《たけとりやしき》での暮《く》らしも、二週《にしゅう》間《かん》になるんだけど、どうしても慣《な》れないことが二《ふた》つある。

そのうちの一《ひと》つが、雨《あめ》の日《ひ》の山道《やまみち》。ぬかるんですべりそうになるし、スニーカーには泥《どろ》がはねるし、晴《は》れの日《ひ》より十五分《じゅうごふん》は早《はや》く家《いえ》を出《で》ても遅刻寸前《ちこくすんぜん》になるしで、ホントに憂鬱《ゆううつ》。

山《やま》の下《した》まで背中《せなか》に乗《の》せて送《おく》り迎《むか》えしようかって、家《いえ》を出《で》るときにアキ君《くん》が言《い》ってくれたんだけど、アキ君《くん》が濡《ぬ》れちゃうのが申《もう》し訳《わけ》なくて断《ことわ》った。

でも、あちこち水《みず》たまりのできた山道《やまみち》を歩《ある》いていると、やっぱりうんざりしてきて、素《す》直《なお》に甘《あま》えればよかったって、ちょっと後悔《こうかい》。——まあ、そんな悩《なや》みも、もう一《ひと》つの「慣《な》れないこと」に比《くら》べたら、小《ちい》さなものではあるんだけど。

声《こえ》が聞《き》こえたのは、そんなときだった。

「助《たす》けて」

小《ちい》さな――本当《ほんとう》に小《ちい》さな声《こえ》に、慌《あわ》ててあたりを見回《みまわ》してみる。山道《やまみち》には、誰《だれ》の姿《すがた》もない。

「お願《ねが》い、助《たす》けて……」

でも、確《たし》かに聞《き》こえる。右手《みぎて》の木立《こだち》のなかから。子供《こども》みたいに細《ほそ》い声《こえ》。

「どこにいるの？」

木立《こだち》をかきわけながら、呼《よ》びかけてみた。枝《えだ》から落《お》ちる雨《あめ》で制服《せいふく》がちょっと濡《ぬ》れちゃったけど、こんな雨《あめ》のなかで子供《こども》が困《こま》ってるのかもって思《おも》ったら、放《ほう》っておけない。

「ここ……こっち……！」

さらに切羽詰《せっぱつ》まった声《こえ》が、すぐ足下《あしもと》から聞《き》こえた。

なんで足下《あしもと》――って不思議《ふしぎ》に思《おも》いながら目《め》を落《お》とした瞬間《しゅんかん》、

「わっ」

思《おも》わず、声《こえ》が出《で》た。足下《あしもと》に、バレーボールくらいの大《おお》きさの石《いし》。その石《いし》に尻尾《しっぽ》を踏《ふ》みつけられた真《ま》っ黒《くろ》な小《ちい》さいヘビが、弱々《よわよわ》しく頭《あたま》をもたげて、あたしをじっと見《み》てた。

「あの……あたしに声《こえ》をかけたのは、あなた？」

「そうだよ。眠《ねむ》っている間《あいだ》に、落《お》ちてきた石《いし》の下敷《したじ》きになって動《うご》けないんだ。助《たす》けて」

あたしは思《おも》わずかがみ込《こ》み、ヘビさんに顔《かお》を近《ちか》づける。頭《あたま》から尻尾《しっぽ》まで、二十《にじっ》センチあるかないかの普通《ふつう》のヘビさんに見《み》えるけど、喋《しゃべ》るってことは……妖怪《ようかい》だよね。やっぱり。

「助《たす》けてあげてもいいけど……悪《わる》いことしないって、約束《やくそく》できる？」

ミニサイズのヘビさんではあるけど、一応《いちおう》、念《ねん》を押《お》してみる。

「もちろん何《なに》もしない。約束《やくそく》する」

震《ふる》えながら何度《なんど》も頭《あたま》を下《さ》げるヘビさんは、弱々《よわよわ》しくて、かわいそうになるほど。

「なら助《たす》けてあげる。ちゃんとお家《うち》に帰《かえ》るんだよ。人《ひと》に噛《か》みついたりしちゃダメだよ」

言《い》い聞《き》かせながら、あたしは重《おも》しになっている石《いし》を動《うご》かした。

すぐにヘビさんの尻尾《しっぽ》はするっと石《いし》から抜《ぬ》けて、自由《じゆう》になった。——その瞬間《しゅんかん》、だった。

「ありがとうよ、おじょうさん。尻尾《しっぽ》をつかまれると妖力《ようりょく》が出《で》ないんでね」

いきなり、耳《みみ》に響《ひび》いた野太《のぶと》い声《こえ》。木立《こだち》の外《そと》まで、ぴょーんと飛《と》び出《だ》したヘビは、あっというまに大《おお》きくなっていく。普通《ふつう》のヘビの大《おお》きさも通《とお》り越《こ》して、あたしの身長《しんちょう》くらいの大《おお》きさになって、まるで竜《りゅう》みたいに、うねる太《ふと》い鎌首《かまくび》……。

「きゃあああああ」

あたしが悲鳴《ひめい》をあげてから、

「どうした、若菜《わかな》――」

アキ君《くん》がかけつけてくれるまで、五秒《ごびょう》もないくらいだった。あとから聞《き》いた話《はなし》では、アキ君《くん》は山道《やまみち》を歩《ある》くあたしがやっぱり気《き》になって、迎《むか》えに来《く》る途中《とちゅう》だったんだって。

「なんだ、きさま。若菜《わかな》に何《なに》をする――」

獣姿《けものすがた》のアキ君《くん》は、巨大《きょだい》ヘビを見《み》つけたとたん、人形《ひとがた》に変化《へんか》し、あたしの腕《うで》を引《ひ》いて、背中《せなか》にかばった。同時《どうじ》に、銀《ぎん》の髪《かみ》がゆらりと動《うご》き、オーラがたちのぼる。口元《くちもと》には、ぎらりと白《しろ》い牙《きば》が光《ひか》った。あ、たぶん戦闘態勢《せんとうたいせい》ってやつだ、これ。

でも、ヘビのほうも、ぐわっと大《おお》きな口《くち》を開《あ》けて、怯《ひる》まない。

ああ妖怪大決戦《ようかいだいけっせん》になっちゃう――って、あたしが震《ふる》え上《あ》がった、その直後《ちょくご》。

しゅるしゅるしゅるぅ……って、いきなり、ヘビが縮《ちぢ》んだ。

みるみるうちに、もとのミニサイズに戻《もど》ったかと思《おも》うと、ぐったりと地面《じめん》に横《よこ》たわる。

「――は？　なんだ、お前《まえ》」

アキ君《くん》も拍子《ひょうし》抜《ぬ》けしたみたい。

「だ、ダメじゃ……力《ちから》が出《で》んのじゃ。酒《さけ》……酒《さけ》が飲《の》みたい……」

ヘビさん、へろへろと寝《ね》そべったまま、息《いき》も絶《た》え絶《だ》えに言《い》った。

「頼《たの》む、助《たす》けてくれ。わしは、長年《ながねん》、普通《ふつう》のヘビとして暮《く》らしてきたんじゃが、半月《はんつき》ほど前《まえ》、急《きゅう》に昔《むかし》の記憶《きおく》が戻《もど》ってしまっての。実《じつ》は妖怪《ようかい》だったと思《おも》い出《だ》したんじゃが、妖力《ようりょく》の加《か》減《げん》がわからず、勝手《かって》に大《おお》きくなったり小《ちい》さくなったりしてしまう。悪気《わるぎ》はないんじゃ」

半月《はんつき》ほど前《まえ》といえば、シュウ君《くん》やアキ君《くん》がよみがえったころだ。……ってことは、このヘビさんも、あの小鬼《こおに》や浦島《うらしま》さんと同《おな》じように、急《きゅう》に復活《ふっかつ》しちゃった妖怪《ようかい》なのかな。

「……酒《さけ》が欲《ほ》しい。頼《たの》む……」

酒《さけ》、酒《さけ》って、ヘビさんはとにかく、しつこい。

「お酒好《さけず》きの妖怪《ようかい》って、酒呑童子《しゅてんどうじ》のシュウ君《くん》だけじゃないんだ」

あたしは、つい、つぶやいてしまった。

そのとたん、ヘビさんの目《め》が、ぎらっと光《ひか》る。

「おじょうちゃん、酒呑童子《しゅてんどうじ》を知《し》っておるのか」

「知《し》ってるっていうか、同居人《どうきょにん》ていうか……」

思《おも》わず正直《しょうじき》に答《こた》えてしまったあたしは、すぐに後悔《こうかい》した。

だって、ヘビさんの目《め》、ますます、ぎらぎら輝《かがや》きはじめた。

「そうか、酒呑童子《しゅてんどうじ》……あやつもやはり、よみがえりおったか。そうか。ふふふ」

にや……と開《ひら》く、口元《くちもと》。再《ふたた》びただよう、妖怪《ようかい》オーラ。アレ、これ——まさか、やばい展《てん》開《かい》？　酒呑童子《しゅてんどうじ》に恨《うら》みを持《も》つ敵《てき》の妖怪《ようかい》が、現代《げんだい》に復活《ふっかつ》して……とか、そういうの？

アキ君《くん》も、警戒《けいかい》を強《つよ》くしたみたいで、あたしの手《て》を引《ひ》いて、一歩《いっぽ》下《さ》がる。

「おーい、どうした、何《なに》してんだ、お前《まえ》ら」

タイミングよく（悪《わる》く？）、背中《せなか》から声《こえ》が聞《き》こえてきた。振《ふ》り向《む》くと、坂道《さかみち》を上《のぼ》ってくるのは、右手《みぎて》に傘《かさ》、左手《ひだりて》に買《か》い物袋《ものぶくろ》を提《さ》げたシュウ君《くん》。

ダメ、こっちに来《こ》ないで——って、あたしは叫《さけ》ぼうとしたんだけど。

それより早《はや》く、ヘビが飛《と》んだ。全身《ぜんしん》のバネを使《つか》って、ぴょーんと。

「おおおお酒呑童子《しゅてんどうじ》、会《あ》いたかったぞ————」

「わわわわ」

いきなりヘビに飛《と》びつかれたシュウ君《くん》、焦《あせ》って手《て》に提《さ》げた買《か》い物袋《ものぶくろ》を取《と》り落《お》とす。

「な、なんだよ、このヘビっ！」

「まさかおぬしと会《あ》えるとは！　わが息子《むすこ》よ！」

「息子《むすこ》？」

あたしとアキ君《くん》の声《こえ》が重《かさ》なった。

なにそれ、どういうこと——？

「はあ？　なに言《い》ってんだよ、このヘビ。おれのオヤジはヤマタノオロチだぞ！　こんなちっこいヘビじゃねえ！」

シュウ君《くん》はヘビに巻《ま》き付《つ》かれた右腕《みぎうで》をぶんぶん振《ふ》り回《まわ》しながら、大声《おおごえ》でわめく。

——ヤマタノオロチ？　それ……有名《ゆうめい》な妖怪《ようかい》の名前《なまえ》だよね。

確《たし》か、八《やっ》つの頭《あたま》を持《も》つ大蛇《だいじゃ》。嵐《あらし》を呼《よ》び、人《ひと》の里《さと》を荒《あ》らし、若《わか》い娘《むすめ》をさらって食《た》べる、恐《おそ》ろしい大妖怪《だいようかい》。スサノオノミコトという神様《かみさま》に退治《たいじ》された、神話《しんわ》のなかの存在《そんざい》。

シュウ君《くん》——つまり酒呑童子《しゅてんどうじ》って、そんな大物《おおもの》の息子《むすこ》なの？　だとしても、そのヘビさん、どう見《み》てもヤマタノオロチじゃないよね？　シュウ君《くん》ともまったく似《に》てないし。

「……昔《むかし》、噂《うわさ》を聞《き》いたことがある」

アキ君《くん》が、なんとも複雑《ふくざつ》な表情《ひょうじょう》で言《い》った。

「スサノオノミコトに退治《たいじ》されたあと、ヤマタノオロチは小《ちい》さなヘビになって生《い》き延《の》びた、と。……確《たし》かに、そのヘビからは尋常《じんじょう》ならざる妖力《ようりょく》を感《かん》じる。そこらの妖怪《ようかい》とは違《ちが》う。酒《しゅ》呑童子《てんどうじ》、お前《まえ》ならわかるんじゃないのか」

「いや……そりゃ、なんか、ただもんじゃないようには感《かん》じるけどよ……」

うろたえるシュウ君《くん》の右手《みぎて》にからみついたヘビさんは、きゅんきゅん子犬《こいぬ》みたいな声《こえ》をたて、夢中《むちゅう》でほおずり中《ちゅう》。

「……これがオヤジだって、絶対《ぜったい》みとめたくねえんだけど、おれ」

「その気持《きも》ちは、わかる」

珍《めずら》しく、アキ君《くん》がシュウ君《くん》の言葉《ことば》に、大《おお》きくうなずいた。

2

「ぎゃあああ」

翌朝《よくあさ》、耳《みみ》をつんざく悲鳴《ひめい》で、あたしは目《め》を覚《さ》ました。

「なに、なにごとっ？」

慌《あわ》てて、パジャマのまま廊下《ろうか》に出《で》て、雨戸《あまど》を開《あ》ける。

外《そと》は、まだ雨《あめ》。かなり強《つよ》く降《ふ》ってる。その降《ふ》りしきる雨《あめ》のなか、庭《にわ》の池《いけ》のそばに、昨日《きのう》と同《おな》じく、人間《にんげん》サイズくらいにグワっと大《おお》きくなった黒《くろ》ヘビ——ヤマタノオロチさん。

向《む》かいにいるのは――あ、人《ひと》に戻《もど》った浦島《うらしま》さんだ。久《ひさ》しぶりに見《み》た。

この間《あいだ》の「煙《けむり》の呪《のろ》い」事件《じけん》のあと、ときどき、鶴《つる》の姿《すがた》でこの屋敷《やしき》の庭《にわ》に遊《あそ》びに来《く》る浦島《うらしま》さんだけど、鶴《つる》でいるほうが慣《な》れてるらしくて、あまり人《ひと》にはなってなかったんだよね。

その浦島《うらしま》さんが、腰《こし》を抜《ぬ》かして、わなわな震《ふる》えてる。手元《てもと》に玉手箱《たまてばこ》。そのフタが、はずれかけてて……。

「わ、フタ、フタしめてっ！」

あたしが叫《さけ》ぶのと同時《どうじ》に、駆《か》けつけたシュウ君《くん》が、すばやくフタをおさえた。

「あっぶねえなあ、何《なに》してんだよ、浦島《うらしま》じいさん」

「いや、そのヘビが……ヘビがいきなり大《おお》きく……」

震《ふる》えながら、オロチさんを指差《ゆびさ》す、浦島《うらしま》さん。その目《め》の前《まえ》で、しゅるりっと、オロチさんはミニサイズに戻《もど》り、むっとしたような声《こえ》で言《い》った。

「わしのせいにするな。おぬしがいきなり、眠《ねむ》っとったわしをつつこうとするからじゃ。しかも、なんなんじゃ、おぬし。鶴《つる》かと思《おも》ったら、人間《にんげん》のじいさんか」

「なんなんじゃはこっちのセリフじゃ。おぬしこそなんじゃ。朝飯《あさめし》にいいサイズのヘビだと思《おも》ったら、なんで大《おお》きくなるんじゃ」

う、鶴《つる》って、ヘビをご飯《はん》にするのか。なんか……知《し》りたくなかったかも。

庭《にわ》の木《き》の上《うえ》には獣姿《けものすがた》のアキ君《くん》が現《あらわ》れていたけど、呆《あき》れた顔《かお》で去《さ》っていってしまう。

シュウ君《くん》も、あーもう、と頭《あたま》をかきむしった。

「じいさんどうしで揉《も》めんなよ。揉《も》めるなら、ここから出《で》てけ。おとなしくしているんだったら置《お》いてやるけどな。——若菜《わかな》、こんなじじいどもに関《かか》わってると遅刻《ちこく》するぞ。もう朝飯《あさめし》できてるから、早《はや》く食《く》え」

「あ、うん、ありがと」

「朝飯《あさめし》じゃと。せがれの手料理《てりょうり》が食《た》べられるのか。嬉《うれ》しいのう」

オロチさんはぴょんぴょん飛《と》び跳《は》ねて喜《よろこ》んだけど、すぐにシュウ君《くん》が言《い》った。

「なに言《い》ってんだ、ヘビのぶんはねえよ。若菜《わかな》の飯《めし》だ」

「な、なんと……」

とたんに、へろへろと地面《じめん》にへたり込《こ》むオロチさん。

その素直《すなお》な反応《はんのう》が可愛《かわい》くって、あたしはつい、言《い》ってしまった。

「いいよ、あたしのぶん分《わ》けてあげる。一緒《いっしょ》に食《た》べようよ」

「……おい、若菜《わかな》、お前《まえ》に作《つく》った飯《めし》なんだぞ」

シュウ君《くん》は不満《ふまん》そうだったけど、

「おおお、なんと慈悲深《じひぶか》いおじょうちゃんじゃ。遠慮《えんりょ》なく、いただくとしよう」

オロチさんは、すっかりその気《き》。身支度《みじたく》をすませたあたしがリビングに行《い》くと、一足先《ひとあしさき》にテーブルの上《うえ》に陣取《じんど》って、尻尾《しっぽ》をぱたぱたさせながら、目《め》の前《まえ》の朝《あさ》ご飯《はん》に見入《みい》っていた。

今日《きょう》のメニューは、じゃことわかめのおにぎりに卵焼《たまごや》き、ほうれんそうのおひたし、焼《や》き鮭《ざけ》、なめこのお味噌汁《みそしる》。おかずとおにぎりを少《すこ》しずつお皿《さら》にとり分《わ》けて、オロチさんの前《まえ》に置《お》いてあげ、お味噌汁《みそしる》も一口《ひとくち》ぶん、小皿《こざら》にすくってあげる。オロチさんは小《ちい》さな口《くち》で、もぐもぐとおいしそうにおかずをほおばり、舌《した》をのばしてお味噌汁《みそしる》をすすった。

「うまい！　さすがはわが息子《むすこ》じゃ。料理上手《りょうりじょうず》は母親《ははおや》ゆずりじゃな」

「シュウ君《くん》のおかあさんも、オロチさんにこんなお料理作《りょうりつく》ってくれたの？」

「あのころは、これほどいろんな食《た》べ物《もの》が手《て》に入《はい》る世《よ》の中《なか》ではなかったからのう。苦労《くろう》も多《おお》かったはずじゃが、山《やま》で育《そだ》つ芋《いも》や川《かわ》でとった魚《さかな》、あれこれと工夫《くふう》をして、うまいものを食《た》べさせてくれた。……お、この鮭《さけ》の焼《や》き具合《ぐあい》が、またいいのう」

「こっちの卵焼《たまごや》きもおいしいよ。食《た》べてみて」

「どれどれ。おお、これはふんわりととろけるようじゃな」

「でしょ。大根《だいこん》おろしの辛《から》みと合《あ》うでしょ！」

わいわい盛《も》り上《あ》がりながら食《た》べていると、キッチンからシュウ君《くん》が割《わ》り込《こ》んできた。

「おい、若菜《わかな》。ヘビにかまってねえで、さっさと食《く》え。遅刻《ちこく》するぞ」

「ホントだ、もうこんな時間《じかん》。こんなに楽《たの》しいご飯《はん》、初《はじ》めてだから、つい嬉《うれ》しくって」

「……なんだよ、いつもの飯《めし》は楽《たの》しくなかったのかよ」

ぶすっとした口調《くちょう》で言《い》われて、あたしは慌《あわ》てた。

「ごめん、そんなことないよ。いっつもおいしいご飯《はん》、嬉《うれ》しいよ。……でも」

一緒《いっしょ》に食《た》べてくれるひとがいないのが淋《さび》しくて。——そう続《つづ》けようとして、あたしはためらった。妖怪《ようかい》さんたちが朝《あさ》ご飯《はん》を食《た》べないのは、当《あ》たり前《まえ》のことみたいだし……。

「そもそもな。そのヘビ、母《かあ》さんのことアレコレ話《はな》してるけど、おれが生《う》まれてから、十《じゅう》三《さん》で母《かあ》さんと死《し》に別《わか》れるまで、一度《いちど》も会《あ》いに来《き》たことねえんだからな。しかも、母《かあ》さんからは竜《りゅう》と見紛《みまご》う、嵐《あらし》さえ操《あやつ》る大蛇《だいじゃ》がおれのオヤジだって聞《き》いてたのに、実際《じっさい》、現《あらわ》れてみりゃ、似《に》ても似《に》つかないチビヘビだしよ。いきなりオヤジ面《づら》されてもな」

まったく納得《なっとく》いかねえぞ、とシュウ君《くん》は冷《ひ》ややかな顔《かお》でオロチさんを見下《みお》ろす。

「え、平安京《へいあんきょう》のころに親子《おやこ》で会《あ》ったことなかったの？　それは、どうして……」

「それはのう……わしを嫌《きら》う人間《にんげん》が多《おお》かったせいなんじゃ」

オロチさんが、しんみりと言《い》った。

「嫌《きら》われ者《もの》のオヤジなんぞ、いないほうがいいと思《おも》って、泣《な》く泣《な》く離《はな》れたんじゃ。なのに、せがれまでが、人間《にんげん》に嫌《きら》われて退治《たいじ》されてしまうとは……親子《おやこ》は似《に》るものなのかのう」

「……悪《わる》かったな、嫌《きら》われ者《もの》で。お前《まえ》に言《い》われたくねえよ」

シュウ君《くん》はいよいよ不機嫌《ふきげん》になって、そっぽを向《む》いてしまう。その後《ご》も機嫌《きげん》は直《なお》らず、あたしは学校《がっこう》にいる間中《あいだじゅう》、親子《おやこ》でケンカしてるんじゃないかって気《き》になってしょうがなかった。授業《じゅぎょう》が終《お》わるとすぐに、まだ止《や》まない雨《あめ》のなか、急《いそ》いで屋敷《やしき》に帰《かえ》る。

「おや、お帰《かえ》り、若菜《わかな》」

「早《はや》かったのう、おじょうちゃん」

帰宅《きたく》したあたしをリビングで迎《むか》えてくれたのは、縁側《えんがわ》に仲良《なかよ》く並《なら》んだ鶴《つる》の浦島《うらしま》さんと、オロチさんだった。

「ただいま。あの……二人《ふたり》、仲直《なかなお》りしたの？」

驚《おどろ》くあたしに、オロチさんはケラケラ笑《わら》いながら言《い》った。

「この鶴《つる》、なかなか話《はなし》のわかるヤツじゃった。うまい酒《さけ》も買《か》ってきてくれたしのう」

ご機嫌《きげん》なオロチさんが器用《きよう》に尻尾《しっぽ》で持《も》ってるグラスの中身《なかみ》は、どうやら、オロチさん念願《ねんがん》の、お酒《さけ》らしい。そっか。人間姿《にんげんすがた》の浦島《うらしま》さんなら、おじいさんだから、お店《みせ》のひとも売《う》ってくれるんだ。あたしやシュウ君《くん》じゃ無理《むり》だけど。

「いやいや、おやすい御用《ごよう》じゃよ。なんといっても、あの伝説《でんせつ》のヤマタノオロチ殿《どの》と話《はなし》ができるんじゃからな。長生《ながい》きはしてみるもんじゃ」

浦島《うらしま》さんもにこにこと、楽《たの》しそう。あたしも嬉《うれ》しくなって、お喋《しゃべ》りに加《くわ》わることにした。

「ね、浦島《うらしま》さんとオロチさんって、どっちが年上《としうえ》なの？」

「そりゃもう、オロチ殿《どの》じゃよ。わしはまだ千五百年《せんごひゃくねん》くらいしか生《い》きとらんが、オロチ殿《どの》は違《ちが》うぞ。何千歳《なんぜんさい》だかわからんほどじゃ」

「何千歳《なんぜんさい》？　うわ……さすが、神話《しんわ》の大妖怪《だいようかい》さんだ。レベルが違《ちが》う」

「ふふふ、驚《おどろ》いたじゃろ。すごいじゃろ」

人《ひと》なつっこく、あたしの手《て》にすり寄《よ》ってくるオロチさん。

「くすぐったい。……あ、ヘビさんて意外《いがい》にさらっとしてる。びっくり」

「そうか？　もっとさわってもいいぞ、おじょうちゃん。ほれ、ほれ」

オロチさんは、しばらくあたしの指《ゆび》に顔《かお》をすりよせ、じゃれついていたけど、そこでふと、匂《にお》いをかぐみたいな仕草《しぐさ》をした。

「おや、この匂《にお》い……おじょうちゃん、もしや、妖怪《ようかい》の血《ち》が混《ま》ざっておるんじゃないか」

「妖怪《ようかい》の血《ち》？　まさか。あたしは正真正銘《しょうしんしょうめい》の人間《にんげん》だよ」

「しかし、遠《とお》い祖先《そせん》には、かなり大物《おおもの》の妖怪《ようかい》がおるようじゃぞ。そういう匂《にお》いがする」

オロチさんは、あたしの指先《ゆびさき》をちろりとなめながら、続《つづ》けた。

「わしが人《ひと》に化《ば》けて里《さと》に降《お》り、酒呑童子《しゅてんどうじ》の母親《ははおや》とともに暮《く》らしたように、人《ひと》に化《ば》けて人《ひと》と暮《く》らす妖怪《ようかい》はおるものじゃ。その結果《けっか》、血《ち》が混《ま》ざる。……おじょうちゃん、もしや、普通《ふつう》の動物《どうぶつ》に怖《こわ》がられたりはせんか？　だとしたら、それは遠《とお》い祖先《そせん》の血《ち》のせいじゃ。妖怪混《ようかいま》じりゆえ、動物《どうぶつ》が恐《おそ》れるんじゃよ。動物《どうぶつ》は人間《にんげん》よりも、ずっと敏感《びんかん》じゃからのう」

「ええっ……そうなの？」

確《たし》かに動物《どうぶつ》には怖《こわ》がられてるけど……。

慌《あわ》てて自分《じぶん》の手《て》の匂《にお》いをかいでみるけど、手《て》を洗《あら》ったときの石《せっ》けんの匂《にお》いがするだけ。

「人《ひと》の鼻《はな》ではわからんよ。妖怪《ようかい》でも、わしのような特《とく》に鼻《はな》の利《き》くものにしかわからん」

「そういうものなの？　……あ、だったらさ、その祖先《そせん》がかぐや姫《ひめ》って可能性《かのうせい》、あるかな？」

「かぐや姫《ひめ》？　いや、あの姫《ひめ》は、帝《みかど》と結《むす》ばれることなく月《つき》に帰《かえ》った。子孫《しそん》なぞ、おらんよ」

「そっか……そうだよね」

だとしたら、あたしがかぐや姫《ひめ》と似《に》てるのって、ただの偶然《ぐうぜん》……なんだろうな。

「なあに、気《き》にすることはない。浦島《うらしま》に聞《き》いた話《はなし》では、おじょうちゃんの持《も》つ不思議《ふしぎ》な石《いし》の力《ちから》がきっかけで、せがれや鵺《ぬえ》がよみがえり、続《つづ》いてわしらまで妖力《ようりょく》を取《と》り戻《もど》した――かもしれんのじゃろ？　だとしたら、この先《さき》も、いろんな妖怪《ようかい》がよみがえってくるじゃろうし、なかには、おじょうちゃんの祖先《そせん》のことを知《し》る妖怪《ようかい》もいるじゃろう。知《し》りたければ、そのときに聞《き》けばいいんじゃ。それまでは気《き》にしてもしかたがない」

「あ、シュウ君《くん》も同《おな》じこと言《い》ってた。気《き》にしてもしかたない――って」

「おお、やはり親子《おやこ》じゃな。……あのせがれもな。昔《むかし》は人間《にんげん》と争《あらそ》うてばかりじゃったが、少《すこ》しは成長《せいちょう》したようじゃ。どうか、末永《すえなが》く仲良《なかよ》くしてやってくれ。じじいのお願《ねが》いじゃ」

オロチさんは急《きゅう》に真面目《まじめ》な声《こえ》になって頭《あたま》を下《さ》げる。

うん――って、うなずきかけて、あたしは迷《まよ》った。真剣《しんけん》なオロチさんのお願《ねが》いに、ちゃんと考《かんが》えもせずに答《こた》えるのは失礼《しつれい》だ。だったら、前《まえ》から思《おも》ってたこと、オロチさんに思《おも》い切《き》って聞《き》いてみようかな……。

「あのね、オロチさん。……妖怪《ようかい》と人間《にんげん》て、ホントに仲良《なかよ》くなれると思《おも》う？」

「むろん、なれる。なれるぞ」

オロチさんは即答《そくとう》だった。

「でも……でもね、オロチさん。シュウ君《くん》やアキ君《くん》みたいな妖怪《ようかい》は、人間《にんげん》とは生活《せいかつ》も何《なに》かも違《ちが》うでしょ。あたしがこの屋敷《やしき》で暮《く》らし始《はじ》めてから、オロチさんが初《はじ》めてだったんだ、一緒《いっしょ》にご飯《はん》食《た》べてくれたの。それまで、ずっと一人《ひとり》だったんだよ、あたし」

それがあたしの、竹取屋敷《たけとりやしき》の生活《せいかつ》で「慣《な》れないこと」の二《ふた》つめだった。ぬかるんだ山道《やまみち》なんかよりもずっと、悩《なや》んでいること……。

「そうか。それは淋《さび》しかったじゃろ」

「うん、淋《さび》しかった。……でも、誰《だれ》にも言《い》えなかった……」

「ほう、どうして言《い》えなかったんじゃ？」

「だって……シュウ君《くん》もアキ君《くん》も、そんなこと思《おも》いもしてないみたいだし……だいたい、必要《ひつよう》もないのに一緒《いっしょ》に食《た》べてほしいなんて、あたしのワガママでしょ……？」

「うむ、そうか。難《むずか》しいのう。……しかしな、おじょうちゃん。妖怪《ようかい》と人間《にんげん》は違《ちが》う生《い》き物《もの》じゃ。だからこそ、ちゃんと言葉《ことば》にせんと伝《つた》わらんのじゃよ。勇気《ゆうき》がいることじゃがな。わしも、昔《むかし》、惚《ほ》れた娘《むすめ》に自分《じぶん》の正体《しょうたい》を告《つ》げたときには、勇気《ゆうき》を振《ふ》りしぼったものじゃ」

オロチさんは、昔《むかし》を懐《なつ》かしむみたいに目《め》を細《ほそ》めた。

「あ、それって、シュウ君《くん》のお母《かあ》さんのこと？」

「……さあて」

「え、そこまで言《い》っといてごまかすの、ずるいよ。ね、打《う》ち明《あ》けたとき、シュウ君《くん》のお母《かあ》さん、どんな反応《はんのう》だった？　教《おし》えてほしいな」

「覚《おぼ》えとらんよ。千年以上《せんねんいじょう》も前《まえ》の話《はなし》じゃ。じじいの昔話《むかしばなし》を聞《き》いてもしかたなかろう」

照《て》れ隠《かく》しみたいにオロチさんは笑《わら》う。でも、その表情《ひょうじょう》で、あたしにはわかった。その思《おも》い出《で》は、人《ひと》に気軽《きがる》に話《はな》したくないくらい、大切《たいせつ》で幸《しあわ》せなものなんだろうなって。

「オロチさん、シュウ君《くん》のお母《かあ》さんのこと、本当《ほんとう》に大好《だいす》きだったんだね」

「もちろんじゃよ。優《やさ》しくて、強《つよ》い娘《むすめ》じゃった」

「シュウ君《くん》のお母《かあ》さんも、オロチさんのこと、大好《だいす》きだった？」

「ベタぼれじゃったな」

自信満々《じしんまんまん》な言葉《ことば》を口《くち》にしながら、照《て》れるみたいに身《み》をよじるオロチさんが可愛《かわい》くて、なんか、あたしまで赤面《せきめん》しそう。いいなあ、こういう夫婦《ふうふ》。だから、オロチさんはシュウ君《くん》のことも、あんなに好《す》きなんだね。

「そっか。人間《にんげん》と妖怪《ようかい》でも、ちゃんと仲良《なかよ》くなれるってことだよね」

「うむ。そうじゃよ。わかり合《あ》おうと思《おも》えばな。……それにしても、雨《あめ》が止《や》まんのう」

恥《は》ずかしくなったのか、しらじらしく咳払《せきばら》いをして、オロチさんは話題《わだい》を変《か》えた。ぐいっと首《くび》を伸《の》ばして、庭《にわ》に目《め》を向《む》ける。

そうだねってうなずいて、同《おな》じように庭《にわ》を見《み》て——そこで、あたしは、はっとした。池《いけ》の向《む》こうの桜《さくら》の木《き》の枝《えだ》に、獣姿《けものすがた》のアキ君《くん》がいる。葉《は》の茂《しげ》った枝《えだ》の陰《かげ》で雨《あめ》を避《よ》け、丸《まる》まって眠《ねむ》ってるみたいだけど——うそ、いつからいたんだろ。もしかして、今《いま》の話《はなし》、聞《き》こえちゃったかな。どうしよう……内緒話《ないしょばなし》のつもりだったのに。

「あやつはな。この雨《あめ》のなか、あそこで寝《ね》たふりをしながら、わしがおじょうちゃんに悪《わる》さをせんか、見《み》はっとるんじゃよ。相変《あいか》わらず、人間《にんげん》を好《す》いとる、健気《けなげ》な狐《きつね》じゃ。……なに、心配《しんぱい》はいらんぞ、鵺《ぬえ》や。わしは昔《むかし》とは違《ちが》う。好《この》んで人間《にんげん》を襲《おそ》うたりはせんよ」

声《こえ》をかけられても、アキ君《くん》は寝《ね》たふりのまま。でも、耳《みみ》がぴくって揺《ゆ》れたから、たぶん、今《いま》の言葉《ことば》は聞《き》こえてると思《おも》う。

「あ、あの、あたし……何《なに》か飲《の》み物《もの》とってくるっ」

あたしは困《こま》ってしまって、適当《てきとう》な理由《りゆう》をつけて、その場《ば》から逃《に》げ出《だ》した。

キッチンに駆《か》け込《こ》み、赤《あか》くなりかけた顔《かお》をおさえたところで、もう一度《いちど》、絶句《ぜっく》。

冷蔵庫《れいぞうこ》の前《まえ》、リビングからは見《み》えないところに、シュウ君《くん》がいた……やだ、シュウ君《くん》まで、全部聞《ぜんぶき》いてたってこと、ないよね……？

「えと、あの……いつから……」

とにかく何《なに》か言《い》わなくちゃって焦《あせ》るあたしに、シュウ君《くん》が先《さき》に、聞《き》いてきた。

「お前《まえ》さ……あのヘビ、こわくないのか」

「え？　……うん、こわくないよ。素敵《すてき》なお父《とう》さんだと思《おも》うよ」

「けどよ、あいつ、今《いま》はあんなヘビだけど、もとは人間《にんげん》に害《がい》をなして神様《かみさま》に退治《たいじ》された、悪《わる》い妖怪《ようかい》だぞ、また何《なに》か悪《わる》いことすんじゃねえかとか、思《おも》わねえのか」

「……うーん、でもさ。シュウ君《くん》だって退治《たいじ》された悪《わる》い鬼《おに》だったみたいだけど、今《いま》はこわくないし、同《おな》じじゃない？」

怒《おこ》ってないとき限定《げんてい》の話《はなし》だけどねって、心《こころ》のなかだけで付《つ》け足《た》す。

「は？　なに言《い》ってんだ。おれとは比《くら》べものになんねえよ。ヤマタノオロチってのは、神《しん》話《わ》に残《のこ》るくらいの大物《おおもの》だぞ。たとえちっこいヘビになったとしても、また人間《にんげん》にちょっかいだしてるとなったら、人間《にんげん》はオロチを憎《にく》み、退治《たいじ》しようとするんじゃねえのかよ」

そう言《い》ったシュウ君《くん》は、なんだかすごく真剣《しんけん》な表情《ひょうじょう》だった。

だから、あたしも精一杯考《せいいっぱいかんが》えて、思《おも》ったことを口《くち》にした。

「そうかもしれないけど、昔《むかし》のオロチさんと今《いま》のオロチさんとは違《ちが》うみたいだし、人間《にんげん》だって昔《むかし》とは違《ちが》うよ。昔《むかし》のことはしかたないけど、せっかくよみがえったんだから、今度《こんど》は仲良《なかよ》くできるって、あたしは思《おも》うよ。……もしかしたら、みんな、そのためによみがえったのかもしれないし」

「そのためによみがえった……」

シュウ君《くん》は驚《おどろ》いたみたいに繰《く》り返《かえ》した。そのまま考《かんが》え込《こ》む顔《かお》になって、黙《だま》ってキッチンから出《で》ていってしまう。なんだか、シュウ君《くん》らしくない。

――でも、正直《しょうじき》なところ、そのときのあたしは、オロチさんとの話《はなし》をシュウ君《くん》やアキ君《くん》に聞《き》かれちゃったかもってことで頭《あたま》がいっぱいで、シュウ君《くん》が何《なに》を気《き》にしているのか、考《かん》える余裕《よゆう》がなかったんだ……。

3

雨《あめ》は、その後《ご》も降《ふ》り続《つづ》いた。

降《ふ》り始《はじ》めてから五日目《いつかめ》の昼《ひる》、とうとう九字川《くじがわ》の水《みず》が警戒水位《けいかいすいい》に達《たっ》したとかで、学校《がっこう》は午後《ご》から休校《きゅうこう》になった。午前中《ごぜんちゅう》で授業《じゅぎょう》は終《お》わり、生徒《せいと》はみんな、急《いそ》いで家《いえ》へと帰《かえ》る。

あたしも土砂降《どしゃぶ》りのなか、竹取屋敷《たけとりやしき》へと続《つづ》く山道《やまみち》を急《いそ》いだ。道《みち》には、ところどころ小《ちい》さな川《かわ》みたいな水《みず》の流《なが》れまでできていて、ますます歩《ある》きにくくなってる。

「おい、若菜《わかな》。学校《がっこう》どうした。もう帰《かえ》りなのか」

声《こえ》がしたのは、山道《やまみち》に入《はい》って五分《ごふん》もたたないころだった。

足下《あしもと》だけ見《み》て、必死《ひっし》に歩《ある》いていたあたしが顔《かお》をあげると、シュウ君《くん》が山道《やまみち》を駆《か》け下《お》りてくるのが見《み》えた。ドロドロの道《みち》を飛《と》ぶように走《はし》り、あっというまに目《め》の前《まえ》までやってくる。

あたしはちょっとほっとした。この大雨《おおあめ》のなか、一人《ひとり》で山《やま》の中《なか》を歩《ある》くの、正直《しょうじき》、少《すこ》し不安《ふあん》だったから。

「学校《がっこう》、臨時休校《りんじきゅうこう》になったんだ。九字川《くじがわ》があふれそうだから。すぐに家《いえ》に帰《かえ》れーって、先生《せんせい》たちも大慌《おおあわ》てだよ。シュウ君《くん》は、今《いま》からお買《か》い物《もの》？　あたしの夕《ゆう》ご飯《はん》とかだったら、一《いち》日《にち》くらい、あるもので済《す》ますからいいよ。こんな雨《あめ》だし、大変《たいへん》でしょ」

「いや、買《か》い物《もの》っていうか……ちょっと気《き》になることがあって……」

そう言《い》いながら、シュウ君《くん》は顔《かお》をしかめて、空《そら》を見上《みあ》げる。

「なあ、若菜《わかな》……これ以上雨《いじょうあめ》が続《つづ》いて、川《かわ》があふれたら、やっぱり人間《にんげん》は、困《こま》るよな？」

「そりゃ、困《こま》るよ。特《とく》にうちの学校《がっこう》なんて、洪水《こうずい》になったら、いちばんに水《みず》に飲《の》み込《こ》まれそうな場所《ばしょ》にあるし、近《ちか》くに住《す》んでるクラスメートも多《おお》いし。……お天気《てんき》のことだから仕《し》方《かた》ないけど、いい加減《かげん》にやんでくれないと、大変《たいへん》なことになっちゃうよ」

空《そら》を覆《おお》う分厚《ぶあつ》い雨雲《あまぐも》を見上《みあ》げて、あたしは答《こた》えた。

「そうか。そうだよな。やっぱり大変《たいへん》だよな……」

シュウ君《くん》も、途切《とぎ》れることのない雨《あめ》を忌々《いまいま》しそうににらんだ。

それから、急《きゅう》にあたしの手元《てもと》に目《め》を向《む》けて、言《い》った。

「……おい、袖《そで》に泥《どろ》がついてんぞ」

「え、どこ？」

手首《てくび》をまわして確《たし》かめようとすると、制服《せいふく》の袖《そで》からブレスレットがのぞいた。竹取屋敷《たけとりやしき》で暮《く》らすようになってから、こっそり、学校《がっこう》にもつけていってるんだ。いつまた、この石《いし》の力《ちから》が役《やく》に立《た》つかわからないって思《おも》うと、手放《てばな》せなくて。

「おれがふいてやるから、ちょっと動《うご》くな」

そう言《い》いながら、シュウ君《くん》は右手《みぎて》であたしの手首《てくび》をぐいとつかんだ。かと思《おも》うと、左手《ひだりて》をブレスレットにかけ、一気《いっき》に手《て》から引《ひ》き抜《ぬ》く。驚《おどろ》くあたしに、シュウ君《くん》は言《い》った。

「悪《わる》い、このブレスレット、借《か》りる。石《いし》の力《ちから》がいるんだ、今《いま》すぐに」

「え、なんで。どういうこと？」

「洪水《こうずい》を起《お》こす妖怪《ようかい》がいるとなったら、人間《にんげん》はまた、退治《たいじ》しようとするかもしれねえだろ。そうなる前《まえ》に、妖力《ようりょく》を抑《おさ》えて、雨《あめ》を止《と》めなきゃいけねえ。──お前《まえ》は危《あぶ》ないから、屋敷《やしき》に帰《かえ》ってろ。できるなら、鵺《ぬえ》の近《ちか》くにいろよ。たぶん、いちばん安全《あんぜん》だ。いいな」

そう言《い》うなり、あたしのブレスレットを握《にぎ》りしめ、シュウ君《くん》は駆《か》け出《だ》した。あたしを一人《ひとり》、置《お》いたままで、町《まち》のほうへ。

「待《ま》って、シュウ君《くん》。どうして……」

わけがわからないまま、ともかくシュウ君《くん》を追《お》いかけようとしたあたしは、無理《むり》だとすぐに悟《さと》る。シュウ君《くん》の足《あし》の速《はや》さに追《お》いつけるはずない。でも……。

「洪水《こうずい》を起《お》こす妖怪《ようかい》って……いったい誰《だれ》のこと？」

なんでシュウ君《くん》は、一人《ひとり》で行《い》っちゃったの？　しかも、あたしの石《いし》を持《も》って。

「アキ君《くん》、アキ君《くん》、お願《ねが》い、聞《き》こえたら来《き》て！　シュウ君《くん》が……」

迷《まよ》ったあと、あたしは叫《さけ》びながら、屋敷《やしき》へと走《はし》りだした。

このままシュウ君《くん》を放《ほう》っておいたらダメだと思《おも》った。シュウ君《くん》が何《なに》を考《かんが》えているのかはわからないけど、思《おも》い詰《つ》めた顔《かお》をしてた。アキ君《くん》なら、遠《とお》くからでも声《こえ》を聞《き》いてくれるかもしれないと思《おも》って、大声《おおごえ》で叫《さけ》びながら、山道《やまみち》を駆《か》け上《のぼ》る。

「どうした、若菜《わかな》。何《なに》かあったのか」

二十《にじゅう》メートルも進《すす》まないうちに、人形《ひとがた》のアキ君《くん》が、雨《あめ》のなかを駆《か》けてきてくれた。やっぱり妖怪《ようかい》の耳《みみ》は、人間《にんげん》よりもずっとよく聞《き》こえるんだ、よかった。

「おじょうちゃん、何《なに》を慌《あわ》てとる。せがれがどうかしたのか。屋敷《やしき》にはおらんのじゃが」

アキ君《くん》の右腕《みぎうで》にはオロチさんも、からみついてた。

「あのね、シュウ君《くん》が、あたしのブレスレットをとって、一人《ひとり》で町《まち》に行《い》っちゃったの。石《いし》の力《ちから》で雨《あめ》をしずめるって言《い》ってたんだけど……この雨《あめ》って妖怪《ようかい》がかかわってるのかな？」

「妖怪《ようかい》？」

アキ君《くん》は首《くび》を傾《かし》げただけだったけど、オロチさんのほうは、はっと息《いき》を呑《の》んだ。

「オロチさん、何《なに》か知《し》ってるの？」

「……その……わしのせい……かもしれんのじゃ」

オロチさんはうろたえながら言《い》った。

「ヤマタノオロチというのは、もともと嵐《あらし》を呼《よ》ぶ妖怪《ようかい》なんじゃ。自在《じざい》に雨雲《あまぐも》を操《あやつ》り、人里《ひとざと》を嵐《あらし》に沈《しず》める――むろん、昔《むかし》の話《はなし》じゃよ。今《いま》のわしは、人間《にんげん》に害《がい》を与《あた》えようとは思《おも》っておらん。……しかし、よみがえって間《ま》もないせいか、どうにも妖力《ようりょく》が安定《あんてい》せんでの。もしかすると、わしの妖力《ようりょく》が雨雲《あまぐも》を呼《よ》び、嵐《あらし》を起《お》こしているんじゃろうかと思《おも》い、止《と》めようともしたんじゃが、どうにも止《と》められん。……その、隠《かく》しておったわけではないんじゃが」

言《い》いづらかったんじゃや、とオロチさんは消《き》えそうな声《こえ》で言《い》った。

「そうか。シュウ君《くん》はそれに気付《きづ》いて……だから、あたしの石《いし》を……」

このまま雨《あめ》が止《や》まず、洪水《こうずい》になってしまったら、人間《にんげん》がまた、オロチさんを憎《にく》む。そうしたら、また退治《たいじ》されるんじゃないかって心配《しんぱい》したんだ、きっと。

「しかし、あの石《いし》は、若菜《わかな》でなくても力《ちから》が出《だ》せるものなのか？」

アキ君《くん》が眉《まゆ》をひそめて言《い》った。――そのとき、だった。

ウゥ～～～～～～～って、けたたましいサイレンが、あたりに鳴《な》り響《ひび》く。

何《なん》の音《おと》——って、一瞬《いっしゅん》、首《くび》を傾《かし》げたあたし、すぐに気付《きづ》いた。

「これ、災害《さいがい》の警報《けいほう》だ！　九字川《くじがわ》がもうホントに危《あぶ》ないんだ、どうしよう……！」

「いかんのう。川《かわ》はじきにあふれる。水《みず》が荒《あ》れ狂《くる》っとる」

大雨《おおあめ》のなか、いったん屋敷《やしき》に帰《かえ》ったあたしたちの代《か》わりに、川《かわ》まで飛《と》んで様子《ようす》を見《み》てきてくれたのは、鶴《つる》の浦島《うらしま》さんだ。

「シュウ君《くん》はいた？」

「いや、見《み》つからんかった。いったいどこに行《い》ったものか……」

「雨《あめ》を抑《おさ》えて洪水《こうずい》を鎮《しず》めようとしているなら、川《かわ》の近《ちか》くにいるはずだと思《おも》うが」

アキ君《くん》が言《い》い、あたしもうなずく。同時《どうじ》に、心配《しんぱい》になった。

「いくらシュウ君《くん》が鬼《おに》でも、川《かわ》があふれたら危《あぶ》ないんじゃないのかな……」

そうだなと、アキ君《くん》はうなずいた。

「鬼《おに》の怪力《かいりき》だけでは洪水《こうずい》はどうにもできん。——石《いし》だけ借《か》りて、若菜本人《わかなほんにん》を連《つ》れていかなかったのは、危険《きけん》がわかっていたからかもしれない」

「危《あぶ》ないから自分《じぶん》だけで行《い》ったってこと？　そんな——『煙《けむり》の呪《のろ》い』事件《じけん》のとき、あたしが一人《ひとり》で行《い》こうとしたら怒《おこ》ったくせに……」

あたしの手伝《てつだ》いはしてくれたのに、逆《ぎゃく》はナシって、そんなのおかしいよ。手伝《てつだ》ってくれって、あたしだって言《い》ってほしかった。なんで、そんなこともわかってくれないの……。

「わ、わしのせいで、せがれが危《あぶ》ない目《め》に……」

オロチさんも、かわいそうなくらいオロオロしている。

「仕方《しかた》ない。乗《の》れ」

アキ君《くん》がすばやく身《み》を翻《ひるがえ》し、一瞬《いっしゅん》で銀色《ぎんいろ》の獣《けもの》に変《か》わった。

「おおお、鵺《ぬえ》よ、せがれを助《たす》けに行《い》ってくれるのか」

「いまだに雨《あめ》が止《や》まないということは、酒呑童子《しゅてんどうじ》にはあの石《いし》が使《つか》いこなせないとみるべきだ。雨雲《あまぐも》をおさえるには、ヤツからブレスレットを取《と》り返《かえ》し、若菜《わかな》がやるしかない。――若菜《わかな》、行《い》けるか？」

危《あぶ》ないとは思《おも》うが……と、アキ君《くん》は慎重《しんちょう》に付《つ》け足《た》す。

「行《い》く。行《い》くよ。だって、今危《いまあぶ》なくなってるのはあたしの町《まち》だよ。あたしがやらなくちゃ。それに、オロチさんを守《まも》ろうとしたシュウ君《くん》のこと、放《ほう》ってなんかおけない」

あたしは迷《まよ》わずアキ君《くん》の背中《せなか》に飛《と》び乗《の》った。

「待《ま》て、わしも忘《わす》れんでくれ」

オロチさんが慌《あわ》てて、あたしの腕《うで》にまきついてくる。

アキ君《くん》は尻尾《しっぽ》を一振《ひとふ》りし、ぐっと身《み》を沈《しず》める。

土砂降《どしゃぶ》りのなか、あたしたちは勢《いきお》いよく、空《そら》へと飛《と》び出《だ》した。


九字川《くじがわ》の上《うえ》までやってきて、あたしたちは息《いき》を呑《の》んだ。

普段《ふだん》は河原《かわら》や中州《なかす》を散歩《さんぽ》するひとも多《おお》い静《しず》かな川《かわ》なのに、今《いま》は泥水《どろみず》が恐《おそ》ろしい勢《いきお》いで流《なが》れ、すでに中州《なかす》を飲《の》み込《こ》んでしまってる。水位《すいい》が上昇《じょうしょう》し、橋《はし》まで水《みず》につかってしまいそう。

その橋《はし》の上《うえ》には、車《くるま》がまだ何台《なんだい》か残《のこ》っていた。

人目《ひとめ》があるから、あんまり近《ちか》くまで降《お》りてはいけないけど、どうやら、焦《あせ》って逃《に》げようとするあまり、玉突《たまつ》き事故《じこ》が起《お》きたらしいのはわかった。壊《こわ》れた車《くるま》に閉《と》じ込《こ》められたひとが、まだいるみたいで……

「――あれシュウ君《くん》だ！　車《くるま》のそばにいる」

あたしは指差《ゆびさ》して、叫《さけ》んだ。

大《おお》きく壊《こわ》れた車《くるま》のドアを、素手《すで》で引《ひ》きちぎろうとしている男《おとこ》の子《こ》。間違《まちが》いない、シュウ君《くん》だ。中《なか》に残《のこ》されたひとを助《たす》けようとしてるんだ。でも、怪力《かいりき》のシュウ君《くん》でも手《て》こずっていて、このままじゃ、みんな濁流《だくりゅう》に飲《の》み込《こ》まれちゃう……。

「元《もと》の姿《すがた》に戻《もど》れれば、川《かわ》をせき止《と》められるんじゃが……今《いま》のわしには、それも思《おも》うようにはいかん。自分《じぶん》の意志《いし》で変化《へんげ》できんのじゃ……」

オロチさんが悔《くや》しそうに言《い》った。

「水《みず》が来《く》るぞ！」

隣《となり》を飛《と》んでいた浦島《うらしま》さんがさけんだ。

慌《あわ》てて上流《じょうりゅう》へ目《め》を向《む》けると、さらに大《おお》きな水《みず》のうねりが、橋《はし》をめがけて押《お》し寄《よ》せてくる。

「いかん、せがれが――！」

悲痛《ひつう》な声《こえ》をあげたのは、オロチさんだ。

「待《ま》って、何《なに》するの――」

止《と》めようとしたときには、オロチさんは上空《じょうくう》から川《かわ》へと、身《み》を投《な》げだしていた。

小《ちい》さなヘビの体《からだ》はあっというまに風下《かざしも》に吹《ふ》き飛《と》ばされ、見《み》えなくなる。

「なんで……」

あんな小《ちい》さな体《からだ》で、何《なに》ができるはずもないのに。——と思《おも》った、次《つぎ》の瞬間《しゅんかん》だった。

突風《とっぷう》が、あたりを吹《ふ》き抜《ぬ》けた。

同時《どうじ》に、現《あらわ》れたのは、巨大《きょだい》な竜《りゅう》。

「え——」

驚《おどろ》くあたしの目《め》の前《まえ》で、竜《りゅう》は漆黒《しっこく》の体《からだ》をうねらせて、荒《あ》れ狂《くる》う水《みず》を押《お》し返《かえ》し、橋《はし》を守《まも》る。

濁流《だくりゅう》をものともしない、すさまじい力《ちから》の竜《りゅう》。

——ううん、竜《りゅう》じゃ、ない。

うねり、水《みず》をはねかえす巨大《きょだい》な体《からだ》には、頭《あたま》が八《やっ》つある。これって……。

「ヤマタノオロチ！」

元《もと》の姿《すがた》に戻《もど》れたんだ、オロチさん。シュウ君《くん》を守《まも》るために。

橋《はし》の上《うえ》にいたひとたちも、目《め》を丸《まる》くして、巨大《きょだい》なオロチを見上《みあ》げている。

「今《いま》だ、降《お》りるぞ」

みんなの目《め》がヤマタノオロチに釘付《くぎづ》けになっている隙《すき》に、アキ君《くん》がすばやく急降下《きゅうこうか》。

「シュウ君《くん》！」

オロチの姿《すがた》に呆然《ぼうぜん》としていたシュウ君《くん》も、すぐにあたしたちに気付《きづ》き、駆《か》け寄《よ》ってきた。

「早《はや》く、乗《の》って！　一緒《いっしょ》に雨《あめ》を鎮《しず》めに行《い》こう！」

アキ君《くん》の背中《せなか》から、あたしがさし伸《の》べた手《て》を、一瞬《いっしゅん》、つかみかけたシュウ君《くん》だったけど、

「いや、ダメだ。おれは車《くるま》の中《なか》のヤツらを助《たす》けねえと。お前《まえ》はこれを――頼《たの》む」

そう言《い》って差《さ》し出《だ》したのは、あたしのブレスレット。

「おれじゃ、使《つか》えねえみたいだ……お前《まえ》じゃないと、ダメだった」

「そうだよ。シュウ君《くん》、あたしが一人《ひとり》で動《うご》こうとしたときは怒《おこ》ったのに、自分《じぶん》は勝手《かって》にやろうとするんだもん。おかしいよ。――今《いま》は時間《じかん》がないけど、帰《かえ》ったら、怒《おこ》るからね！」

あたしの言葉《ことば》に、シュウ君《くん》は何《なに》か言《い》いたそうな顔《かお》をしたけど、アキ君《くん》はそれを待《ま》たなかった。もう一度《いちど》、風《かぜ》を突《つ》っ切《き》って、雨雲《あまぐも》めがけて飛《と》んでいく。

行《ゆ》く手《て》に広《ひろ》がる黒《くろ》い雲《くも》に、あたしはブレスレットをはめた右手《みぎて》をかざした。

祈《いの》りを込《こ》めて、叫《さけ》ぶ。

「どうか、鎮《しず》まって。お願《ねが》いだから！　この町《まち》を、壊《こわ》さないで！」

でも、雨《あめ》はやまない。嵐《あらし》はおさまらない。

やっぱり、こんな大《おお》きな嵐《あらし》の前《まえ》には、あたしなんか無力《むりょく》なの？

弱気《よわき》になりかけたとき、アキ君《くん》が言《い》った。

「あきらめるな。お前《まえ》には力《ちから》がある。このおれを――天《てん》の狐《きつね》を千年《せんねん》の封印《ふういん》から解《と》き放《はな》った強大《きょうだい》な力《ちから》だ。自分《じぶん》を信《しん》じろ」

「……うん」

そうだね。そうだよね。できる、はず――。

あたし、もう一度《いちど》、気持《きも》ちのすべてをふりしぼるみたいにして、叫《さけ》んだ。

「お願《ねが》い、祈《いの》りを聞《き》いて！　雨《あめ》を止《と》めて！」

その瞬間《しゅんかん》、黒《くろ》い石《いし》が、これまで以上《いじょう》に、強《つよ》く、金色《きんいろ》の光《ひかり》を放《はな》った。

空《そら》を覆《おお》う雲《くも》のすべてに、その光《ひかり》が、伝《つた》わっていく。

キラキラキラ……って、まるで星《ほし》が瞬《またた》くみたいに。

あたしは息《いき》を呑《の》み――気付《きづ》いたときには、降《ふ》りしきっていた雨《あめ》は、もう一粒《ひとつぶ》も落《お》ちてはいなかった。

「やったあ！」

これで町《まち》は助《たす》かる――そう思《おも》った。

眼下《がんか》に目《め》を向《む》けると、橋《はし》を濁流《だくりゅう》から守《まも》りきったオロチさんが見《み》えた。

オロチさんは、頭《あたま》の一《ひと》つを橋《はし》のほうへと向《む》けていた。シュウ君《くん》の無事《ぶじ》を確《たし》かめるみたいに。橋《はし》の上《うえ》では、シュウ君《くん》が助《たす》け出《だ》したひとたちが、車《くるま》を捨《す》てて逃《に》げている。

最後《さいご》まで橋《はし》に残《のこ》ったシュウ君《くん》の姿《すがた》に、オロチさんは満足《まんぞく》げにうなずいた。そして——。

〈さらばだ、息子《むすこ》よ〉

静《しず》かな声《こえ》で、一言《ひとこと》告《つ》げ、その巨大《きょだい》な姿《すがた》は消《き》えた。

しゅるしゅる……とあっというまに縮《ちぢ》んで、チビヘビさんに戻《もど》っちゃったんだ。まるで、力《ちから》を使《つか》い果《は》たしたみたいに。そのまま、渦《うず》を巻《ま》く川《かわ》へ飲《の》み込《こ》まれていく。

「オヤジ——!」

シュウ君《くん》は、一瞬《いっしゅん》、立《た》ち尽《つ》くしたけど、すぐに橋《はし》の欄干《らんかん》を乗《の》り越《こ》え、ためらわずに川《かわ》に飛《と》び込《こ》んだ。絶句《ぜっく》するあたしの目《め》の前《まえ》で、シュウ君《くん》も濁流《だくりゅう》に消《き》える——。

「やだ——」

あたしの悲鳴《ひめい》と同時《どうじ》に、アキ君《くん》が空中《くうちゅう》で身《み》を翻《ひるがえ》した。

そのまま、流《なが》れに向《む》かって急降下《きゅうこうか》し、迷《まよ》うことなく、荒《あ》れ狂《くる》う川《かわ》に一直線《いっちょくせん》に突《つ》っ込《こ》む。

泥水《どろみず》のなか、かすかに見《み》えた白《しろ》いシャツを、ぐいってくわえ上《あ》げ、水面《すいめん》を蹴《け》る。

シュウ君《くん》を宙《ちゅう》にぶら下《さ》げたまま、再《ふたた》び空《そら》へとアキ君《くん》は舞《ま》い上《あ》がった。

でも、シュウ君《くん》はぐったりとして動《うご》かない。

うそ……うそでしょ。

「シュウ君《くん》！　シュウ君《くん》、しっかりして！」

あたしは必死《ひっし》で叫《さけ》んだ。そんな、まさか……。

「――ったく、無茶《むちゃ》すんなよ、若菜《わかな》乗《の》せてんのに」

シュウ君《くん》の声《こえ》が聞《き》こえた。こっちを振《ふ》り返《かえ》る顔《かお》はけろっとしていて……なに言《い》ってんのよってあたしが言《い》い返《かえ》す前《まえ》に、

「けど、ありがとな」

そう言《い》って、笑《わら》いながら振《ふ》り上《あ》げて見《み》せた手《て》には、しっかりとオロチさんを握《にぎ》ってた。

それを見《み》たとたん、あたしは全身《ぜんしん》の力《ちから》が抜《ぬ》けて、ほっとして、嬉《うれ》しくて、でも急《きゅう》に怖《こわ》くなって、震《ふる》えが止《と》まんなくなって――、

「危《あぶ》ないことしないで。一人《ひとり》で勝手《かって》にしないで。絶対《ぜったい》にしないでよ、お願《ねが》いだから――！」

わんわん泣《な》きながらそう言《い》うと、シュウ君《くん》は困《こま》ったみたいに笑《わら》って言《い》った。

「お前《まえ》って、こういうときでも命令《めいれい》しねえんだな。……ま、そこがいいんだけど」

4

次《つぎ》の日《ひ》は、昨日《きのう》までの雨《あめ》が嘘《うそ》みたいに、からりと晴《は》れたいい天気《てんき》になった。

でも、九字川《くじがわ》の水《みず》がまだ安定《あんてい》していないって理由《りゆう》で、学校《がっこう》はお休《やす》み。

目覚《めざ》ましのベルで起《お》き、身支度《みじたく》を終《お》えたところで連絡《れんらく》が来《き》て、あたしはほっとした。さすがにちょっと、疲《つか》れてたから。

でも、久《ひさ》しぶりの青空《あおぞら》を見《み》ていると、あれこれやりたいことが浮《う》かんでくる。

しばらく雨続《あめつづ》きで、ろくに窓《まど》も開《あ》けられなかったから、今日《きょう》は思《おも》いっきり風《かぜ》を通《とお》して、掃除《そうじ》をしたい。昨日《きのう》の騒《さわ》ぎで全身《ぜんしん》ずぶ濡《ぬ》れになったせいで、洗濯《せんたく》ものだって山《やま》ほどある。

庭《にわ》の掃除《そうじ》もしておきたい。それから……。

「若菜《わかな》。おはよう。昨日《きのう》はご苦労《くろう》さん」

庭《にわ》の池《いけ》の端《はし》にいた、一羽《いちわ》の鶴《つる》が近《ちか》づいてきた。

「おはよう、浦島《うらしま》さん。浦島《うらしま》さんも、昨日《きのう》はお疲《つか》れさまでした」

「いや、わしは何《なに》もしとらんよ。……ところで、オロチ殿《どの》がどこへ行《い》ったか知《し》らんか。庭《にわ》におらんのじゃ。いつもはこの松《まつ》の木《き》の根元《ねもと》あたりにおるんじゃが」

「え……」

あたしは急《いそ》いで、あたりを見回《みまわ》した。どこにも、黒《くろ》いヘビさんの姿《すがた》はない。

昨夜《ゆうべ》、シュウ君《くん》に助《たす》けられたオロチさんは、ぐったりと疲《つか》れ切《き》っていて、心配《しんぱい》だから家《いえ》の中《なか》で休《やす》んでって言《い》ったんだけど、オロチさん自身《じしん》が断《ことわ》ったのだ。「疲《つか》れたんでな。慣《な》れた場所《ばしょ》のほうが落《お》ち着《つ》く」って、いつもの庭《にわ》に戻《もど》っていった。

「みなに迷惑《めいわく》をかけたが、自力《じりき》で元《もと》の姿《すがた》に戻《もど》ることもできたし、妖力《ようりょく》は安定《あんてい》したようじゃ。もう嵐《あらし》が起《お》こることもなかろう」

そんなことも言《い》ってくれて安心《あんしん》していたのに、いないなんて。どういうこと？

あたしは慌《あわ》てて、リビングへと走《はし》った。浦島《うらしま》さんも、鶴《つる》のままでついてくる。

「シュウ君《くん》、どうしよう、オロチさんが——」

リビングに駆《か》け込《こ》み、そこまで言《い》いかけて、あたしは気付《きづ》いた。

いつも、あたしが一人《ひとり》でご飯《はん》を食《た》べているダイニングテーブルの上《うえ》に、まるいランチョンマットが敷《し》かれてる。確《たし》か、前《まえ》の住人《じゅうにん》だったおじいさんが、若《わか》いころに外国《がいこく》で買《か》ってきたっていう、編《あ》み込《こ》みの綺麗《きれい》な織物《おりもの》。

そのうえに、オロチさんが、ちょこんと、座《すわ》っていた。

「おじょうちゃん。おはようさん。おう、浦島《うらしま》も一緒《いっしょ》か。お先《さき》にいただいておるぞ。疲《つか》れたときには酒《さけ》がいちばんじゃな」

上機嫌《じょうきげん》で挨拶《あいさつ》するオロチさんの前《まえ》には、小振《こぶ》りの杯《さかずき》。隣《となり》には、徳利《とくり》。気《き》のせいか、これまでになくつやつやと元気《げんき》そうに見《み》える。

「若菜《わかな》、起《お》きたのか。朝飯《あさめし》、できてるぜ」

キッチンから、シュウ君《くん》が顔《かお》をのぞかせた。エプロン姿《すがた》で、片手《かたて》にはフライ返《がえ》し。

「おはよう……あの、シュウ君《くん》……」

「ん、どうかしたか——？　あ、オヤジのことか。椅子《いす》に座《すわ》ったんじゃ、テーブルに届《とど》かねえだろ。けど、一応《いちおう》、座《すわ》る場所《ばしょ》はいるかと思《おも》って。……もしかして、テーブルの上《うえ》にヘビがいるのって、嫌《いや》か？」

「嫌《いや》じゃないよ！」

あたしは大声《おおごえ》をあげた。ならよかったって、シュウ君《くん》は笑《わら》う。その笑顔《えがお》が嬉《うれ》しくて、あたしはなんだか涙《なみだ》ぐみそうになる。

シュウ君《くん》は続《つづ》けて言《い》った。

「ただなあ、朝飯《あさめし》、ちょっとしくじったんだよな。買《か》い置《お》きのパンがないから、パンケーキを焼《や》いたんだけど、たくさん作《つく》りすぎちまって。どうするかなー」

……お料理《りょうり》で失敗《しっぱい》するなんて、シュウ君《くん》らしくない。

やっぱり昨日《きのう》のことで疲《つか》れたのかな。大丈夫《だいじょうぶ》なのかなって心配《しんぱい》になって、ちらっとオロチさんを見下《みお》ろすと、オロチさんが小《ちい》さな目《め》で、いたずらっぽくウィンクしてきた。

……あれ、コレってもしかして……。そう思《おも》ってシュウ君《くん》に視線《しせん》を戻《もど》すと、どこかわざとらしくそっぽを向《む》いてる。……つまり、これ……。

「だ、だったらさ……みんなで食《た》べようよ」

あたしは思《おも》い切《き》って、そう言《い》った。

「あの……あのさ。ご飯《はん》、みんなで食《た》べたいんだ。ここで暮《く》らしているみんなで。アキ君《くん》も呼《よ》んでくるから」

シュウ君《くん》、オロチさん、浦島《うらしま》さんを順番《じゅんばん》に見《み》ながら、ゆっくりと繰《く》り返《かえ》す。ずっと言《い》いたかったけど、言《い》えなかった言葉《ことば》。でも、確《たし》かに、言《い》わなきゃ伝《つた》わらないんだ。

「おれなら、もう来《き》ている」

シュウ君《くん》の後《うし》ろからアキ君《くん》が現《あらわ》れて、あたしは目《め》を丸《まる》くした。

手《て》にしたお盆《ぼん》には、急須《きゅうす》と湯飲《ゆの》み。それに、空《から》のグラスがいくつかと、コーラのペットボトル。まるで前《まえ》からそうしていたみたいに、自然《しぜん》な仕草《しぐさ》でテーブルに近《ちか》づくと、座《すわ》ったのは、いつものあたしの席《せき》の隣《となり》。

「アキ君《くん》……」

「……ならば、わしももちろん、一緒《いっしょ》がいいのう」

鶴《つる》の浦島《うらしま》さんも、おじいさん姿《すがた》に変身《へんしん》し、いそいそとテーブルにつく。

「よーし、おっけー」

明《あか》るく言《い》ったシュウ君《くん》が、いったんキッチンに引《ひ》っ込《こ》んで、両手《りょうて》で抱《かか》えるほどの大皿《おおざら》に山盛《やまも》りのパンケーキを持《も》ってきた。……初《はじ》めから全員《ぜんいん》ぶん焼《や》いたんだってわかるほど大量《たいりょう》のパンケーキ。そして、あたしにウィンク。

胸《むね》がいっぱいで、動《うご》けずにいるあたしに、アキ君《くん》が言《い》った。

「一緒《いっしょ》に食《た》べよう、若菜《わかな》」

うん――って、あたしはとびっきりの笑顔《えがお》でうなずく。

そうして、初《はじ》めて、あたしたちは、一緒《いっしょ》に食卓《しょくたく》についた。

竹取屋敷《たけとりやしき》の新《あたら》しい一日《いちにち》は、今《いま》から、始《はじ》まる。

緒崎《おざき》さん家《ち》の優雅《ゆうが》な日常《にちじょう》！

「今日《きょう》もいい天気《てんき》だなー。若菜《わかな》も学校《がっこう》行《い》ったし、リビングの掃除《そうじ》でもするか」

窓《まど》を開《あ》け放《はな》し、ハタキを手《て》にした酒呑童子《しゅてんどうじ》は、

パタパタと部屋《へや》のホコリを払《はら》い始《はじ》めた。

「あれ、なんだ、この棚《たな》の上《うえ》……誰《だれ》だ、こんなとこにクッション置《お》いたヤツ。

こういうフワフワしたクッション、ホコリがたまるんだよなー」

パタパタ、パタパタ……。

「……っていうか、このクッション、手触《てざわ》りいいな。

もふもふして気持《きも》ちいいじゃねえか。そうだ、おれの部屋《へや》に持《も》ってって、

昼寝用《ひるねよう》に使《つか》うか。……って、何《なん》だ、コレ、重《おも》い……」

「おい、いい加減《かげん》にしろ。誰《だれ》がクッションだ」

「わ、クッションがしゃべった!……って、お前《まえ》、鵺《ぬえ》!?」

白《しろ》いクッションだと思《おも》っていた物体《ぶったい》は、丸《まる》まって眠《ねむ》っていた鵺《ぬえ》だったのだ。

「な、なんでこんな棚《たな》の上《うえ》に寝《ね》てんだっ! しかも丸《まる》まるなっ、クッションそのものだぞ、

お前《まえ》っ!……あああちょうどいいモフモフ加減《かげん》だったのに……」

「うるさいヤツだな……」

鵺《ぬえ》は冷《ひ》ややかに言《い》い、棚《たな》の上《うえ》から飛《と》び降《お》りて、今度《こんど》はソファの上《うえ》で丸《まる》くなる。

「……お前《まえ》、そこにいると、さらにクッション度《ど》が増《ま》すぞ。

……って聞《き》いてねえし。お前《まえ》、ホントに屋敷神《やしきがみ》の言《い》うこと、聞《き》く気《き》ねえよなあ」

しょうがねえヤツだな、とつぶやいて、酒呑童子《しゅてんどうじ》はハタキを掃除機《そうじき》に持《も》ち替《か》える。

スイッチを入《い》れ、ブォ〜っと音《おと》をたてて掃除機《そうじき》が動《うご》きだした——その瞬間《しゅんかん》!

「うわっ!?」

ソファの上《うえ》の鵺《ぬえ》が、飛《と》び起《お》きて、全身《ぜんしん》の毛《け》を逆立《さかだ》てた!

「な、なんだ、なんだなんだっ」

「え、何《なに》って、掃除機《そうじき》……あ、まさか、お前《まえ》、コレ知《し》らないのか。

掃除機《そうじき》の音《おと》がコワいなんて、猫《ねこ》みたいだな」

ははは、と指《ゆび》を差《さ》して笑《わら》った酒呑童子《しゅてんどうじ》は、そこで気付《きづ》いた。

掃除機《そうじき》が、止《と》まっている。

「……っと、待《ま》て。お前《まえ》、まさか、停電《ていでん》……

クソ狐《ぎつね》、おれの家事《かじ》の邪魔《じゃま》をするな〜!!」

Shogakukan Junior Bunko

★小学館ジュニア文庫★
緒崎さん家の妖怪事件簿

2017年 2 月27日　初版第１刷発行

著者／築山 桂
イラスト／かすみの

発行人／立川義剛
編集人／吉田憲生
編集／山口久美子

発行所／株式会社　小学館
〒101-8001　東京都千代田区一ツ橋２－３－１
電話　編集　03-3230-5105
販売　03-5281-3555

印刷・製本／加藤製版印刷株式会社

デザイン／黒木香+ベイブリッジ・スタジオ

Printed in Japan　ISBN 978-4-09-231148-0